KB271346

# 남기고 싶은 이야기들

류용희 시집

담장너머 시인선 · 4

# 남기고 싶은 이야기들

## 류용희 시집



담장너머

　사람이란 누구나 유소년기를 거쳐 나름대로의 삶을 열어가게 되며, 이 과정에서 최선만이 선택될 수는 없으며 실패와 좌절에 또한 반성도 겪으면서 이러한 가운데서 점차 자기성장의 내충도 이룩된다고 생각된다.
　그러나 인생이란 유한이라 이렇게 체험에 의하여 성숙에 접근하노라면 어느덧 노년기를 맞게 되며 은퇴하여 삶을 마치게 되는 것이라 정의할 수 있다.

　나 또한 격동기 속을 살아오면서 실패와 깊은 좌절감을 맛보았으며 중년에야 생소했던 제조분야에 입문도전하여 성취감을 이룩해보기도 했으나 보람보다는 후회가 많은 삶을 살아왔으며 조금만 더 깊은 자기연마의 숙고가 있었더라면 싶은 아쉬움이 컸으나 이제는 짙은 황혼의 문턱에까지 와 버렸다.
　다행이 다음세대들이 모두 학업을 마치고 각 분야에서 나름대로 열심히 살아주고 있기에 고마우며 여기에 삶의 뜻을 부여 자위를 하고 있다.
　그러나 짧은 화병 끝에 생애들 닫으신 인내와 희생의 화신이셨던 어머니와 말년에 닥친 아내의 불치병과의 투병생활에서 삶 자체에 대하여 새삼스러이 많은 생각

을 하게 되었으며 스스로에 대한 회의와 무력감에 빠지
곤 하는 것이 최근의 솔직한 심경이기도 하다.

　이러한 것들의 결론으로서 무엇인가 삶의 발자취라도
남겨놓고 싶어져 "남기고 싶은 이야기들"이라 제하여 나
의 궤적을 정리 마지막 시집으로 엮어보기로 하였다. 또
한 나의 이러한 시가 통상적인 문예성 시와는 거리가 먼
것임도 잘 알고 있기도 하다. 그러나 누군가 언제가 되던
이것들을 읽고 나의 "체험시" 중에 공감을 느끼고 그 사
람의 가치관의 질의 향상에 조금이나마 참고와 도움이
되었으면 싶은 것이 소망이자 간절한 희망이기도 하다.


2007년 봄에

# 보 리 밭

어젯밤에 온 단비에 말끔이도 씻긴
잎사귀 덩쿨 다가선 보리밭에서
눈이 시리도록 샛파란 보리잎들이
싱그러운 파도문결의 바람을 타고
너도들 밖돌춤 하며 싱그럽게 춤춘다.


가시처럼 상큼해진 보리이삭들이
하늘을 향하여 뻗어오를수 있음은
기나긴 겨울에다 이봄이 다가토록
몸이 썩도록 실뿌리 되가며 키워준
씨앗들의 희생이 있었기 때문임을
다투어 패기시작한 보리들 모두는
눈앞의 오련맘의 젊음에 흠뻑 젖어
까마득 하게들 잊어버려가고 있었다.

# 차례

■ **머리말**

■ **서시(序詩) | 보리밭**

## 제1장 자연(自然) 편


진달래 _ 14
나팔꽃 _ 15
다람쥐 _ 16
울타리 _ 17
칸나 꽃이 울고 있다 _ 18
코스모스 _ 19
갈대 _ 20
물레방아 _ 21
제비 _ 22
박산 _ 24
물 _ 25
소망(素望) _ 26

## 제2장 역정(歷程) 편


폐허(廢墟) _ 28

허송(虛送) _ 29

독백(獨白) _ 31

이향(離鄕) _ 32

삶 _ 33

재기(再起) _ 34

정서(情緖) _ 36

우리 집 _ 38

퇴임사 _ 40

한일합작회사(韓日) _ 42

불꽃 _ 44

광안산업(廣安産業) _ 46

고향길 _ 48

잊혀져 가는 소리들 _ 50

창업(創業) _ 51

대자연의 노여움 _ 53

패배(敗北) _ 54

권부(權府) _ 56

백의종군(白衣從軍) _ 58

행복 _ 59

다시 일본과 더불어 _ 61

인간상실(人間喪失) _ 62
주례사 _ 63
종착역(終着驛) _ 64

**제3장 어머니와의 이야기들 편**

어머니와 손자의 자리 _ 66
최후의 희생 _ 67
어머니 영전에 _ 69
무상(無常) _ 71
무대(舞臺) _ 73
초혼사(招魂辭) _ 74
스위스 _ 76
고성(古城) _ 77
베니치아 _ 78
융프라우 _ 80
"툰" 호반 _ 81
바티칸대성당 _ 82
콜로세움 _ 83
영고(榮枯)의 터 _ 84
카프리섬 그리고 나포리항 _ 85
폼페이 _ 86
무덤 _ 88
헤어짐 _ 89

# 남기고 싶은 이야기들

**제4장 회고(回顧) 편**

자성(自省) — 92
실패작(失敗作) — 94
나의 시(詩) — 96
못잊어 — 97
안국동길 소녀 — 98
무제(無題) — 99
아버지 — 100
형수 — 102
딸 — 104
부정(父情) — 105
그리움 — 107
귀로(歸路) — 108

**제5장 간병(看病)일기 편**

그날 — 110
회생(回生) — 111
그 밭에서 — 112
퇴원(退院) — 113
또 다시 K의료원 — 114
투병(鬪病) — 115

응보(應報) _ 116
징검다리 _ 117
황혼(黃昏) _ 118
집으로 _ 119
H한방병원 _ 120
체념(諦念) _ 121
이사(移舍) _ 122
재활치료 _ 123
수중치료 _ 124


■ 작품해설 | 류용희 시인론
  – 한용국(시인·문학박사) _ 125

# 제 1 장

# 자연(自然) 편

# 진달래

진달래 진달래
산에 산마다의 진달래
겨우내 꽁꽁 얼어붙었던 땅에
아직은 차가운 서릿바람을 맞으며
가냘픈 안가님의 숨결로 망울을 보듬는
봄여름가을을 합친 백가지 꽃의 선두주자

진달래 진달래
마을 마을마다의 진달래
싸늘한 아침안개를 헤집고
새봄을 알리는 높아오는 개울 소리에
늦을세라 가지마다 파란 잎샐 낳으며
어느덧 온산마다 붉게 물들여 놓는 진달래.

# 나팔꽃

날마다 푸름이 짙어지는 유월이 오면
촉촉한 이슬로 분세수하고 임을 맞으리
분홍빛 꽃심을 활짝 열어젖히는 나팔꽃.

맑고 보송 까실한 사춘기 소년처럼
청초한 모습으로 갸우뚱 고개 숙인 채
점점이 울다리에서 한들거리는 나팔꽃.

싱그러운 바람에 나비처럼 춤추다가
하늘이 노을에 타고 그림자가 길어지면
살포시 얼굴은 접고 가다릴 줄 아는 나팔꽃.

# 다람쥐

날씬한 줄무늬 재간동이 아기다람쥐
죄그만 앞발을 비벼 모아 두 손을 삼고선
굴러보는 도토리는 바위 아래로 데굴데굴.

패랭이 꽃 옆에서 안녕 꼬리를 흔들다
알 도토리 한 알 떨어지는 토다닥 소리에
엄마 곁으로 쪼르르 쫑긋귀 된 동생 다람쥐.

산등성이까지 소복이 쌓인 저녁노을을
어스름 먹은 서늘바람이 휘졌고 지나면
오손도손 옹달샘 집으로 가는 다람쥐 가족.

# 울다리

옛날에도 나는
청솔가지에 탱자나무의
틈새에 개구멍의 여유가 있는
새파란 울다리를 줄곧 좋아했습니다.

이웃집 마당가의
백일홍에 봉선화가 보이고
밤사이 호박넝쿨의 새순에
너울대는 나팔꽃도 앉기 때문이었습니다.

높은 담은 싫습니다
빈부를 가르는 교만이 쌓이고
존경 없는 권위의 성인 것 같기에
높은 담의 집과는 친해질 수가 없었습니다.

지금에도 나는
파란 울다리들을 만나면
문득 발걸음을 멈추게 되며
깊은 숨을 쉴 수 있는 평화에 기쁨을 느낍니다.

# 칸나 꽃이 울고 있다

로터리 옆 모퉁이에 심어진
칸나 꽃이 소리 없이 울고 있다.
밤낮의 차 소리 숨 막히는 속에서
혼신의 힘을 다하여 피운 꽃이
붉어야 할 꽃이 자줏빛 되었기에
슬프고 안타까워 칸나 꽃이 울고 있다.

바뀐 풍토에 향기도 죽고
삶은 푸성기 된 떡갈잎새들
꺾인 상처에는 진물이 흐르고
밤하늘에는 남십자성도 없고
남쪽바람조차 오늘은 없기에
상처 깊은 칸나 꽃이 서럽게 울고 있다.

먼 남쪽에서 본시 살았는데
분종이란 이름으로 뽑고 찢어서
결코 일년초가 아니었건만
삶의 뿌리까지 앗아가 놓고
표지판이란 묘비를 세웠는가
지쳐버린 칸나 꽃이 타향에서 울고 있다.

# 코스모스

벼이삭이 익어가는
한가위 때가 되면
한 점 두 점 가지런히
길섶에서 고갯길에서
고향을 찾는 이들을 맞아
반가운 파도타기를 지으며
길잡이가 되어주는 정겨운 꽃.

붉게 노을 진 하늘에
기러기가 떠나가고
옥수수가 익어가는
보름달이 찰 때쯤엔
엄마 찾는 이들을 위하여
고추잠자리와 함께 어울려
나풀대는 춤으로 반겨주는 고향꽃.

# 갈대

소슬바람에도 흔들릴 수 있다는 것은
몸과 마음이 부드럽기 때문이지요.

사람들은 흔히들 이런 갈대를 두고
변하기 쉬운 여자에 비유하지만
사실은 어머니처럼 강인하답니다.

비바람을 휘몰고 온 사나운 태풍이
온 누리의 산천초목을 휩쓸고 나면
쓰러진 벼에 가지가 찢겨진 나무에
뿌리째 뽑혀진 아카시아도 있지만
절대로 넘어져도 안 꺾이는 갈대이지요.

나이 먹고 늙어버린 사람들이란
지팡이를 짚도록 몸이 굳어버린 채
기운도 부드러움도 잃기 십상이지만
비바람에 눈에 찬 서리에도 견디며
으악새 노래를 부르는 것이 갈대랍니다.

# 물레방아

여름내 매미가 울던 아카시아 숲
떡버들 냇둑의 잔디밭 가장자리
오솔길보다 낮은 초가지붕 위에는
조롱도손 조롱박 넝쿨을 머리에 이고
삐그덕 쿵더쿵 메아리를 낳으며
물보라에 파묻혀 돌고 있던 물레방아.

봄여름 다가도 찾는 이 없었지만
날마다를 지새는 가을밤이 오면
희미하게 밤을 밝히는 남폿불 밑이
아낙네 마실 이야기 샘도 됐건만
흰머리 날리던 방아지기 노인처럼
이제는 찾을 길 없는 아쉬운 물레방아.

# 제비

약속한 삼월이면
어김없이 돌아오는
흰 샤쓰에 까만 바지 입은
세련된 작은 신사와 숙녀.

정갈한 성깔에
작년에 살던 집도 싫다
지푸라기에 진흙 물어다가
새끼 키울 새집 꼭 짓고야 산다.

빨랫줄에 앉아
지지배배 종아리며
금슬 좋게 이야기 나누다 간
하늘도 낮다 쏜살처럼 날아오른다.

맑은 자식으로 키우리
익은 곡식이랑 보지도 않고
풀벌레에 작은 초리 물어다가
노란 입 벌린 새끼를 먹여 기른다.

은혜 갚기도 잊지 않고
"젊은 제비"의 새 낱말도 낳고
머나먼 남쪽나라를 오가곤 하는
멋과 낭만에 풍류까지 즐기는 여행가.

# 박산

"펑"하는 길 건너편
옥수수 튀기는 소리
창문 넘어 들어오는
아련한 그 옛 냄새가
무사기(無邪氣)했던 유년기의
따뜻했던 숨결 속으로 나를 몰고 간다.

멀리 박산장수의
가위소리가 들리면
마루 밑으로 부엌으로
헌신짝에 냄비를 찾던
옛날 꿈 많던 어린 시절의
그리움들이 아픔처럼 떠올려진다.

내일 모래가 설날
어머니가 바꿔주신
검은 운동화 한 켤레
신어보고 머리맡에 고이 두고
뿌듯한 가슴 되어 잠들곤 했던
가난해도 행복했던 그 시절이
호수의 파문처럼 고요히 다가온다.

# 물

높은 산 나뭇잎에 떨어져 방울방울
실개울 짚고 내려서 냇물을 이르고는
소가 되고 호수되어 쉬다가 흐르다가
도도한 강물을 이루고 바다에 가서 머문다.

갈 길이 몇 천리 되어도 서둘지 않고
초조가 없기에 낮은 데로만 흐르고
어떤 곳에 부딪쳐도 노여워하지 않고
무슨 그릇도 받아주는 크나큰 아량이 있다.

낙수소리로 잃었던 그리움 찾아주고
속삭이는 여울로 축복해 주는가 하면
열길 수무길 폭포로 정열도 안기고
고요한 호수되어 반성도 갖다 주며
파도소리 되풀이 자장가 되기도 하다가
노도로 바뀌어 안일을 꾸짖는 경고도 한다.

구름과 비의 길을 끝없이 돌고 돌며
모든 생명을 가누고 온갖 오염을 씻으며
순환의 대군자의 섭리로 영겁을 살아간다.

# 소망(素望)

발전이라는 이름의 폭군에 밟히지 않고
시간의 바이러스도 넘보지를 못하는
가끔씩 꿈에서 보아오던 산촌을 찾고 싶다.

완행버스 버린 다음에도 한참 걸어서
황토실의 산모퉁이 지나 오솔길 끼고
높아져오는 졸졸돌돌의 냇물 끝에는
자그만 물레방아가 혼자서 돌고 있는 곳.

오순도순 초가집 옆에는 하얀 메밀밭
싱그러운 박꽃은 지붕에서 너울거리고
울타리 밑에서 길게 우는 낮닭소리를
초생달이 빛까지 버려가며 지켜주는 곳.

산바람이 마을을 씻는 하로가 끝나면
굴뚝마다 피어오르는 구수한 연기에
달짝지근한 옥수수로 입맛을 돋우며
옛날이야기들로 밤을 지샐 수 있는 곳.

# 역정(歷程) 편

# 폐허(廢墟)

동족상쟁 포화 속에 학업길도 끊어지고
도보길 오백 리 끝 폐허가 된 정든 집아
그래도 넌 날 반기는가 흐느끼는 귀뚜라미.

꿈 키운 방자리엔 깨어져 덮인 기와조각
뛰놀았던 마당 위엔 잡초들만 무성한데
시커멓게 그을려버린 배나무도 애처롭다.

피어나다 삶겨져버린 쓰레기 된 국화들
모질게도 살아남은 한 송이가 외로운데
무너진 담장 넘어 가을바람 앞에 가냘퍼라.

타다 남은 햇가래 끝 힘 잃은 나래 잠자리
너 또한 살던 둥지를 포격 맞아 잃었느냐
망연자실 폐허에 선 길어만 지는 그림자여.

# 허송(虛送)


기름과 번지에 닳고 파묻혀
추수의 계절 가을에만 매달려
발동기 소리에 오관도 잃은 채
일벌레 되어 살아온 세월 십 수 년.

걸어도 또 걸어도 멀기만 한
가난의 다리는 아득키만 한데
장사꾼들과 쌀값이나 따지는
노동자도 아니오 장사꾼도 못된
삼남일여의 사나이 나 여기 서 있구나.

유일하게 스스로를 달래왔던
습작시 노트까지 덮어버린 채
문득 들쳐본 소월의 시집에서
더 없이 스스로에도 무책임했던
꿈마저 버린 한심한 나를 발견한다.

그러나 이직 남은 여정 길거늘
비록 밀폐된 시공에 머물지라도

무엇인가 목표는 있어야 하리니
사색의 풍요만이라도 찾아보리라
새롭게 다짐을 해보는 섣달의 그믐께.

# 독백(獨白)

혼자서 태어나서 홀홀히 가야하는
인생이란 흘러가는 물과도 같으리
가난에 갇혀서 잡초처럼 살아도
새봄이 찾아오면 싹트고 잎도 피리니.

이름도 없이 피어 있는 작은 꽃에도
향기를 지니고 살기에 꿀벌이 오고
불빛을 찾아들어서 한 삶 마치는
하루살이의 생애에도 불타는 뜨거움.

꿈마저 엷어진 웃음기 잃은 사나이
살기초차 힘겨운 오늘이긴 하지만
지금의 밤이 아무리 어둡고 길어도
아침이 오면 밝은 태양 반드시 뜨리니.

앞에 놓인 산에 강 높고 깊긴 하지만
행복이란 스스로가 찾아서 갖는 것
고개를 들고 쳐다볼 푸른 하늘 있으니
또 다시 어깨를 펴고 내일 향해 걸으리.

# 이향(離鄕)

꿈 많던 고향을 뒤로 하고 떠나던 날
보내주는 이 아무도 없는 첫 새벽에
옷깃을 적시는 안개는 갈 길을 막고
반갑던 까치소리마저 처량만 한데
돌아올 날짜조차 기약하지도 못한 채
내가 고향을 버리던 날 고향을 잃던 날.

초라한 이삿짐에 이정표도 낯선데
찾아가는 곳 타관 땅이 새 삶의 터전
목쉬어 우는 기적의 메아리 소리가
하늘에 걸린 빛 잃은 한낮의 반달이
흘러간 지난 삶을 조상해 주고 있는가
내가 고향을 버리던 날 고향을 잃던 날.

이제 막 뒤로 하고 떠나온 그곳이건만
뒷산의 나무들이 고갯길의 바위가
구부러진 들판 논두렁도 선명한데
살아온 반생 성선의 철학도 무너지고
심장은 아픔에 떨고 온 세포가 울던 날
내가 고향을 버리던 날 고향을 잃던 날.

# 삶

빛 잃고 구석진 자리에서 잊혀진 채
과거와 현재 그리고 미래까지도 잃은
아픔을 짊은 좌절에다 유전에 지친
창백한 숙명의 작은 별 여기 서 있구나.

그 누가 빵만 먹고는 살 수 없다 했던가
축복받은 자들의 사치스런 잠꼬대일 뿐
먹을 것을 구하는 나의 소리 없는 절규는
대답 없는 메아리 되어 빈 하늘에 흩어지네.

체허한 몸 자갈통도 하루를 못 채우고
다섯 식구의 가장 설 땅 없는 날들이여
사노라면 때론 순풍에 단비도 있는 것을
그것을 주고 차라리 영혼이라도 앗아가라.

# 재기(再起)

수위실 근무 사십일 제도개선 인정받아
얻은 명찰이 총무계장 다음에 노무계장
어떻게 든 살아보리 피땀 쏟았던 상영산업.

경영개선 지도를 온 "데이진" 와꾸노선생
버리지 못한 일본어가 통역의 관문 뚫어
내가 먼저 익히기 시작됐던 산업공학 IE.

문외한 눈뜨게 한 공정분석에 작업표준
생산성 향상운동의 반장들의 발표회가
나도 믿기 어려운 성과를 가져온 그라프들.

사력을 다한 정성이 천이백 명 내 딸들의
정을 가꾸는 정서의 물꼬들 트게 했던가
기숙사에서도 서로들 잡게 된 따뜻한 손길.

관리기법 익혀 쓴 "공장경영"이 교재 되고
밑줄투성이 콘사이스에 와꾸노의 추천으로
생산관리실 창설되고 취임케 된 초대실장.

IE덕에 살펴본 각부서 허점에 모순들
관리직 감축 십여 명의 조직안 상신하여
학력부족의 진통 끝에 가까스로 생산부장.

서울상대에 고·연대 간부 추월한 자신감
생소한 제조업 구름 위 같던 경영인 반열
비로소 한숨 돌려본 고독했던 삼년의 보람.

# 정서(情緒)


고독들을 찾았던 기숙사의 양호실
가난이 죄이런가 푸른 꿈 스러지고
미싱 밟기에 빗질로 나날을 달래는
실어증에 젖어버린 어린 양들이었었소.

조개처럼 열리지 않는 굳게 닫은 입
밤하늘에 고향 달을 같이 바라보며
굶주렸던 정의 소중함을 찾으면서
비로소 그들의 웃음과 눈물도 볼 수 있었소.

찾아진 정감 앞에선 무한한 가능성
동작분석에 작업표준 Q.C 활동도
동질감에 뭉쳐질 우리들 앞에서는
그지없이 무력한 사다리일 뿐이었었소.

합해진 천이백 명 지순한 마음들은
"서통" 천팔백 명의 손발을 이겨냈고
할 수 있다 해냈다는 자신감 앞에서
위엄에 통제 따위의 무의미함도 알았소.

자존심 논리에 포로 된 SK수재들이
부정적 반론을 찾고 있는 그 순간에도
현장에서 오가는 서로의 눈빛들은
우리가 주역임을 자랑케도 되었소이다.

먼 훗날 세월 흘러 인생의 유전 끝에
그들도 작은 꿈의 엄마가 되었을 때
거리에 만남 있어 당신들 곁 스칠지라도
우리 앞에 따뜻한 커피 잔은 있을 것이외다.

# 우리 집

버스의 차창 너머로
많이도 보아왔던 서울의 집들
선망의 눈길을 쏟기는 했지만
감이 꿈에도 가져보지 못했던
내 집에 이사 들어온 만감교차의 기뻤던 날.

곳곳마다의 이정표에
한 맺힌 이향의 아픔을 달래며
떠돌이 셋집살이 몇 번이었으며
집 없는 서러움으로 보낸 세월 몇 해 였던가.

세 걸음이면 벽에 닿는
방 두 개에 거실뿐이지만
하늘보다 높고 대궐보다 큰 것을
막내야 이제 마음껏 소리 내어 떠들어보렴.

쓸고 닦는 아내 모습에
뜨거운 눈을 감고 앉아보는 안방
가재도구야 많았음 더 좋겠지만

모자라고 불편한들 또 어떠하리
씰 있고 연탄 있고 수돗물이 쏟아지니
아팠던 지난 날 훌훌 털어버리고
우리도 서울 속에서 사람답게 살아봅시다.

# 퇴임사

섬광(閃光)의 착상에 찰나의 기지를 엮고 모아
이론의 비약에 언도(言刀)가 교차 난무하는 회의
성선의 인간존중이 곧 종교인 나로서는
난해하기가 그지없는 기하수학이었을 뿐.

천재의 암기보다는 우직자의 기록치가
세재능의 예지보다는 지속적인 정감이
사람의 터에서는 보다 최선을 가져옴을
권위의 화신들로서는 앞길조차 없는 것을.

순자의 성악설이 고정관념이 되어버려
맹자의 진리효시(嚆矢)에는 과문에 불입하고
맬카의 xy이론마저 양존하고 있거늘
구심점 구축 필요조차 못 느끼는 이 풍토여.

위엄에다 통제는 마음의 문을 닫게 할 뿐
그보다 더 두려운 건 수재들의 자아심취
염천하에 심어진 상영(相榮)의 터 이 잔디가
개심안(開心眼)에다 득오(得悟)가 있어 푸르기를 빌겠소.

이 터에 몸 담은 지 오개성상이 흘러가고
수위에서 이사까지 발탁 또한 있었지만
진실로 아쉬운 건 인간들의 정에다 마음
끝끝내 높은 이 벽만은 뛰어넘질 못했구려.

# 한일합작회사(韓日)

부임 삼 개월이 되었어도
목표운영계획을 작성할 수가 없었다.
시간당 생산량을 이십 프로는 상승시켜야만
손익분기점에 도달하는 기형적인 합작업체였다.

원단에 단추까지 수입하여
정해주는 값에 완성품을 팔아야 하는
육백 명 내 딸들의 저임금만을 노린 실패작이었다.

오른편에 기운 재무구조에
발족 일 년에 일본 측 부사장이 새로 오고
나 또한 두 번째의 책임자인 오월동주에 동상이몽.

경영실적은 적자인 채로
시도 때도 없는 연석회의에 또 회의
그리고 일본의 소안(素顔)을 보여주는 주지육림의 밤.

일본문화에 동경은 했으나
선취화(先取化)시킨 기법에 흥미가 있을 뿐

어찌 친일파 되어 왜곡(歪曲) 앞에서 손바닥을 비비
랴.

탈출구인 타바이어에로의
수용태세로 어떻게 전환시켜야 하는가
오늘도 깊은 생각에 잠겨보는 상영봉제 공장장실.

# 불꽃

너를 처음 만났던 날
어디에선가 같이 지내온 듯한
운명의 동반자였음을 보았고
가슴속에 들어와 자리를 잡는
그 소리가 내 귀에 역력히 들렸었다.

화장기 있는 듯 없는 듯
갸름한 얼굴에다 오뚝한 코
또렷한 인중 밑 매끄러운 입술이
뽀오얀 이빨의 아늑한 미소에
풍겨주는 몸의 아릿한 향기가
사화산처럼 식었던 가슴을 태운다.

사련(邪戀)일 뿐이다, 라는
입술을 깨무는 이성의 소리는
감정의 소용돌이에 동강나고
어제와 내일의 뜻이 엷어지고
뜨겁게 불타오르는 오늘이 있을 뿐.

초식수(草食獸)의 눈을 닮은
가지런한 속눈썹 속 눈동자가
열 가지 백가지로 말을 하는데
새삼 무슨 이야기가 필요하랴
그저 활활 타오르는 불꽃이 있을 뿐.

# 광안산업(廣安産業)


두 달의 공백 끝에 다시 돌아온 구로공단
생소한 합성피혁생산에 가방 제조업체
또다시 도전을 다짐해보는 생산담당이사.

IE에 공정분석 LAY OUT의 개선
작업표준 설정으로 목표관리 시작하고
하고저 하는 의욕이 고개를 드는 작업현장.

기업중역 행복의 조건은 능력의 인정
관리에서 자재 영업 외환에 무역부까지
업무분석 끝에 제안한 "월간종합운영계획"

추진방법 상하 모두에 필요의 공감 얻고
인간존중 강화에 불성실엔 냉철한 충고
마침내 보람 가꾸어낸 제도개선의 정착화.

세무서에서 선정 받은 모범우수업체에
공단소방파출소의 위촉받은 영예소장
은행의 본 지점 섭외 끝에 얻어낸 목표수신.

가장 큰 나의 자산은 신념을 얻은 자신감
아끼던 직원 한 쌍의 맡았던 주례에서도
삶의 질의 향상을 강조해 보는 새로운 일터.

# 고향길

눈만 감으면 선명이도 떠오르는
코스모스에 묻혀있는 이정표는
어머니를 찾아뵈라는 독촉의 팻말이겠지.


나도 이 가을에는 꼭 십년 만에
잃었던 고향을 찾는 높았던 재를 넘으리라.


하늘이 안 보이는 기차는 버리고
단풍잎 날리고 사투리에 흔들리는
냇물을 끼고 계곡을 건너는 버스를 타리라.


옥수수 익어가는 그곳에 다다르면
주름 깊어지셨을 손길을 잡아보곤
들판 벼이삭 뜯는 참새 소릴 들으며
성황당 위의 노을에다 함빡 젖어도 보리라.


반백에 볼 움푹 패였을 벗을 만나면
옛이야기를 담은 소주잔을 나누며
아팠던 세월들을 훌훌 털어보기도 하리라.

그리고 나서 그리웠던 그곳을 떠나
담배연기 자욱한 자리로 돌아와
높은 삶들의 남은 고개를 또 넘어야겠지만-.

# 잊혀져 가는 소리들

책갈피 속 단풍잎처럼 잊고 있었던
작고 그리웠던 소리들을 하나둘 찾으리
흙과 살리라 노래했던 돌아온 땅엔
잊혀져 가버린 소리들이 너무도 많구나.

풀 이슬 밟고 옮겨보는 논두렁길의
고개 숙이는 벼이삭에 메뚜기 소리에
스르르 논둑을 가르던 꽃뱀도 없고
돌아가던 물레방아는 자취도 없구나.

개구쟁이들 소리도 끊긴 골목길에는
한가했던 낮닭소리도 들리지 않고
한가을인데도 들을 수 없는 탈곡기 소리
남은 건 소리 없이 붉게 타는 저녁노을뿐.

# 창업(創業)

재량에 결정권 없는 고용 중역 한계에
갖가지 오너들의 장단점도 겪어왔기
이제는 독립하리 셋집으로 시발한 원림양행.

유일참여 동업주주는 사업부도 도중하차
배서지금 어음들은 채무로 전환되니
전대미문의 자본금이 부채되는 첫 번째 고개.

전량수출 사업의 파트너인 재미교포
큰소리 쳤던 공증에도 줄어드는 발주량
성선론 신봉으로 믿었던 것이 잘못이었던가.

수용태세 갖추었던 너무 커진 생산능력
늦어지는 L/C의 공백에 떨어지는 가동률
바닥난 자금에 은행에 친지에로 피말린 나날.

전열을 가다듬는 다음 차선의 대책으로
서소문에 사무실 내고 외주로 전환했지만
이번엔 청천벽력 같은 선적품의 CLAIM.

영원한 참모일 뿐 자신과잉 죄였던가
도도한 오기에 아직도 전의는 남았으나
고개 드는 문제점이 밤을 길게 만드는 일 년반.

# 대자연의 노여움

실크로드의 "말코포로" 견문기는 15세기말
"콜롬버스"의 뱃길 미대륙 발견은 16세기초
세계지도가 제 모습 갖춘 것도 17세기 후반.

육대주 오대양 생성은 까마득한 20억 년 전
종유굴의 석순 하나에도 3억년이 걸리거늘
겨우 300년 전부터 좋은 곳만 골라내어
가증케도 "국립공원"이라며 더럽히고 있는가.

돌 한 개 한 모금 물도 지을 수 없는 너희들이
감히 대우주에 대자연의 섭리를 알랴만
바다에 강산을 멋대로 갈라 "나라"라 부르며
더 갖겠다 싸워온 것이 가소로운 "역사"인 것을.

두 발로 걸으며 만물의 영장을 자처하고
덥다 춥다 어이없게 냉온방으로 거역다가
갈등을 쌓다 살다 죽어 또 품을 찾는 몰염치들
"국정"이라 고쳐 부르는 겸손만이라도 바라노라.

# 패배(敗北)


넘어진 기둥을 추려 또다시 필사의 안간힘
재원을 매워 보리 외부영입 동분서주에
급기야 이 나라 "염라청" 남산 중정 끌려도 가고.


자가생산사업계획 은행에 제출 승인 얻어
인천시 석남동에 가까스로 공장 준공
천신만고 벼랑 끝에서 기계장치 마침내 종료.


생산된 시제품 품질의 높은 고개 넘겼고
합격치를 상회하는 인장강도 얻었기에
원림만에 바이어와 불러보기도 하였거만.


국내유수업체인 K프레스에 S정밀
설치기계 본 생산 들어가자 연일의 고장
개조보완 되풀이로 황금 같은 삼 개월 또 허송.


쌓인 임금에 미불금증가 쉬지 않는 금리들
노동청에 세무서에 신보까지 사면초가
원재료도 끊기고 빗장 굳게 잠그는 거래은행.

몸으로 막을 수 없는 가속도 붙은 수레바퀴
운명을 부인했던 자신과잉 인정하고
이제는 숙명의 별에 남은 삶을 맡겨야 하리……

# 권부(權府)

시경에서 왔다는 정체불명 괴한들
차태우고 눈가린 뒤 이새끼야 너 죽는 날
두 평 방에 처넣고 하는 소리 여기는 남산 중정.

아침에서 밤 가도록 개미 한 마리 없다가
새벽에야 두 놈이 여의사와 검진하더니
운동할 수 있는 체력이니 혼좀 나봐라 또 협박.

국보법 어긴 놈과 같은 배 탔던 이새끼야
너희들 철저미행 이미 증거들 잡았으니
묻는 대로 이실직고 없으면 또다시 죽는단다.

중태의 기업 살리리 필사로 뛰었을 뿐
투철한 정보력이 이미 흑백 가렸을 것을
사람답게 살리뿐인 내가 무슨 되란 말인가.

살기가 힘겨워 안간힘 써온 양 같은 겨레
"좌우"가 무엇인지 알 길조차 없었던 것을
권력 위한 통치수단으로 편가른 것은 당신네들.

소름 돋는 비명소리 생지옥 같은 밤과 낮
여기에 왔단 소리만 그 누구에게 발설하면
몇 년 징역의 각서 끝에 풀려나기는 했소만……

민주주의가 무슨 소용 인격조차 없는 판데
우리의 혈세로 무고한 죄인도 만드는 이 권부
진정 이 나라 동족상생 끝나는 날은 있겠는지……

# 백의종군(白衣從軍)

자부했던 전문경영인도
소리내어 무너져 내렸지만
삼국지의 양수(楊修)라도 되어보리
자청해서 찾아온 아우들의 창업의 터.

외줄기 길을 못 걸었기에
닥치는 대로 매어 달렸던 업종
가발에 봉제 가방에 부품 등등
하지만 그 모두 경영의 핵심은 같은 것.

밤이 오면 경비원 되어
플래시로 시름을 달래고
낮이면 생산 감독에 경리도 되고
제규정 제정에 월차결산제도의 정착.

목적 없는 시공(時空)보다는
광분(狂奔)이 약이 될 수 있는 삶.
두 시간 새벽 마당 쓸기의 행복에
산 넘어 또 산뿐인 태백산 기슭에서
세월도 욕심도 잊은 백의종군의 밤과 낮들.

# 행복

먼동이 떠오르는 수평선
젖빛안개는 붉게 물들고
메아리치는 파도 소리는
오히려 정적을 부르는데
잠자는 사십년 역정의
평화스러운 아내의 숨소리.

문소리 죽인 새벽 바다가
홍초파초에 유도화 피고
유황불 속에서 되살아 난
잔구멍 뚫린 바위에 돌
삶과 죽음도 초월했으니
검게 탔어도 가벼워졌으리.

굵은 솔잎 해송 밑 바위
몇 천 년의 흰 거품들이
두들기고 씻고 가다듬어서
기암에 절벽을 빚었는가
바람에 닳고 비에 부서져

고운 모래 된 조개껍질들.


당신과 찍어온 발자욱이
말하여 주는 세월의 무게
아직도 남아있는 욕망일랑
구름에 실어서 띄워버리고
희비애환의 헛된 꿈들도
이제는 조용히 나래를 접자.


덤덤히 마주 앉아서 보고
때로는 말 한마디 없어도
세련되지 못한 소박함이
오히려 무거운 믿음이 당신
지금도 옆자리에 앉아서
행복을 일깨우는 제주의 아침.

# 다시 일본과 더불어

의기상통한 "고시가"의 초청받은 일본땅
엔고의 시대 성공으로 추월은 당했지만
낯설지 않은 문화인데 어깨를 어이 못 피랴.

자연의 경관에 취해본지 오래되었기
안내받은 명소에도 받은 감명 엷으나
푸르게 가꾸어 놓은 산하에 비교되는 내 국토.

오랜만에 밟아본 환락가 아까사까
목청껏 불러보는 잊고 있었던 옛 연가(演歌)에서
꿈틀거리며 살아 오르는 도도한 전의감(戰意感)

이십 년 만에 다시 접하는 경제동물들
친절한 찰나에도 느끼는 교활의 화신들
하지만 유대란 능력과 조건을 서로 이용하는 것.

늦게나마 새로 맡게 된 한국사무소장직
내 기필코 물류의 징검다리가 되리라
밟아오는 새벽에 잠을 청해보는 팔레스호텔.

# 인간상실(人間喪失)

울고 싶을 때에는 울어야 한다
커다란 기쁨이나 슬픔일 때는
소리를 내어 크게 울어도 좋다
눈물을 흘리며 울 수 있다는 것은
아직도 우리가 인간임을 증명해주기 때문이다.

별을 보는 시간들이 줄고 있다
눈앞에다 발밑만 보고 사느라고
삶이란 것에 스스로까지 쫓겨나
쏟아져 내릴 것 같은 밤하늘의
별을 쳐다보는 소중함을 우리는 버려가고 있다.

눈물을 흘린 기회를 잃어버리고
별을 보는 것도 잊고 있다함은
인간임을 포기한다는 증거이다
그러나 그것보다 더 아쉬운 것은
눈물과 별을 보는 것도 버림으로서
참된 아픔이 무엇인가도 잊어가고 있는 현실이다.

# 주례사

나의 주례사는 한결같이 똑같았습니다
그 모두가 유자생녀에 열심히 살고 있기에
보람을 느끼고 흐뭇한 만족감도 맛보았습니다.

행복을 얻기 위해서는 목표설정이 필요하고
꾸준한 실천만이 성공의 길이라 강조했습니다.

첫 번째로는
부부간에 작은 약속부터 분명히 지키면서
잔잔한 감동으로 행복의 샘을 삼을 것이며
두 번째로는
일요일 오전에는 반드시 전화기 앞에 앉아
소중한 사람들과 대화로서 정을 가꾸고
세 번째로는
상대방의 입장이 되어 관심사를 살펴주어
구심점이 되는 보람을 창출하라고 일렀습니다.

앞으로 다시 어떤 주례를 서게 될지라도
똑같은 이 주례사는 바뀌지가 않을 것입니다.

# 종착역(終着驛)

원화고에 엔화저로 경쟁력 잃어지자
일본측 파트너의 고용계약 즉각의 파기
하지만 지난 십년은 고마운 나날이었소이다.

저승까지 짊어야할 신보채무의 상환에
표류했던 주민등록도 아내 옆에 돌아오니
제자리를 잡게 된 종착지 동백동 백현마을.

종착역이란 아침에는 시발역이 되지만
바닥난 목적지에 짙은 황혼 깔렸으니
눈썹 짙은 젊은이들을 조용히 마중하리라.

불행이란 내려다보면 사라질 수 있는 것
행복 또한 스스로의 마음에서 가늠되는 것
건재한 분신 오남매 이것이 곧 생애의 보람.

종착역 옆에도 산천에 구름은 남았으니
병든 아내의 의사에 재활치료사 되어
풍광을 벗 삼고 병마와 싸우며 살아가리라.

# 어머니와의 이야기들 편

# 제 3 장

# 어머니와 손자의 자리

동동 뛰어다니는 네 살배기의 재롱에
검버섯 피신 어머니의 밝으신 웃음이
아흔 한해의 시공까지 말끔히 초월하는 자리.

마주치는 손뼉소리가 미소의 샘이 되어
올올한 주름살에도 솟아오르는 동심의
사랑의 색깔에 사대(四代)가 모두 취할 수 있는 자리.

가시밭길 한 세기 무거우신 몸의 시름도
모두를 잊게 하는 조그만 앵두입술의 뽀뽀
행복과 평화가 무엇인지 보여주고 있는 자리.

# 최후의 희생

새벽에 쓰러지셨던 그날부터
자식들의 포옹조차 거부하시고
어금니를 깨무신 채 굳게 닫으신 입
끼니라곤 받지 않으시는 초인(超人)의 당신.

대뇌에 입었을 그 깊으신 상처에
혼미해지고만 있으실 그 정신에도
자식들 고생만은 결코 시키지 않으리
인내의 한계조차 뛰어넘으신 자애.

사랑의 화신이 되신 당신 앞에서
범인 불초가 무슨 말을 하오리까
감히 무엇을 어떻게 할 수조차 없는
태산 같은 무게의 당신이었습니다.

그토록 자신에게는 엄격하시고
더 없이 남은 아끼는 깊으신 마음의
희생의 본보기가 되신 최후 앞에서
할 일없이 고개 숙일 뿐이었사옵니다.

옆에서 지켜보는 안타까움뿐
당신께서 가신 뒤에 세월이 흘러
저 또한 당신연륜에 이를지라도
영원히 당신 곁엔 못설 것 같사옵니다.

# 어머니 영전에

지아비의 풍류에 찢기었던 젊은 나날도
춘하추동 그 길었던 보릿고개의 세월도
귀뚜라미 울음을 배틀 소리에 잃었던 밤도
지팡이에 의지하신 십자가 앞 새벽기도도
떠나시는 당신과 함께 잊어야 하는 것이오이까.

당신의 사랑 속에서 자라온 우리 칠남매
슬하에 그 자손들이 백 명 가깝사온데
지체부자유자 하나 없이 튼튼히 자라서
저마다 열심히 살아갈 수 있다고 함은
당신의 사랑이 옥토의 씨앗 되셨기로소이다.

평화란 희생 위에서만 움트고 자라며
화목이란 인내에서 가꾸어지는 것이오
행복이란 양보에서 올 수 있다는 진리를
사랑이란 물처럼 내려간다는 섭리를
한평생 몸소 보여주시며 이룩하셨기에

온 집안 이 고장 아니 당신을 아는 모든 이들이
떠나시는 당신을 기리며 아쉬워하고 있나이다.

아흔 두해의 희생의 삶 이제 마감하시고
거룩하신 주님 인도에 따라 곁에 서시와
모든 것 잊고 평화와 요람에서 편이 쉬소서
아직도 애증의 "휴머니즘" 못 넘었습니다만
때때로나마 잊지 않고 당신의 별을 찾아
숭고한 가르침 되새기며 겸허히 살아가 보렵니다.

# 무상(無常)


어머니!
그때의 그 펄은 어떻게 되었을까요.


새파란 금잔디는 햇빛에 반짝이고
민들레에 할미꽃은 군데군데에 피고
소리 내어 흐르는 냇물 위 파란 하늘엔
흰 솜 같은 뭉개구름이 둥둥 떠 있었던
어느 늦은 여름날의 오후이었던 같습니다.


수건을 쓰신 새댁이셨던 당신께서는
질레넝쿨에 가시밭도 마다시지 않고
땀에 젖으며 "너삼"을 골라 캐내셨지요.
할머니의 담약이란 것은 알았었지만은
당신과 나들이에 신났던 그날이 그립습니다.


그 잔디펄에 피어있던 온갖 꽃들은
올해에도 곱게들 피어나고 있겠지요
여름 가고 가을 찬 서리 내릴 때까진
풀벌레들도 그날처럼 울어대다가

겨울이 오고 모두가 떠나가버린 다음
소리도 없이 하늘에서 눈이 내리겠지요
그리고 쌓인 눈은 가끔씩 바람에 날려
멀리멀리 빈 하늘 속으로 흩어져 가겠지요.

# 무대(舞臺)

어머니!
당신께서는 영영 떠나가셨지만
하늘은 어제처럼 여전히 푸르고
새들은 높낮은 노래를 지저귀며
햇빛은 생전처럼 찬란히 빛나고 있습니다.

인생이란 물러나는 순간을 위하여
무대에 오르는 꼭두각시들인 것 같습니다.

그러하기에
아무리 우레와 같던 박수를 받던
슬프고 아름다운 이야기일지라도
내리는 막과 함께 잊혀져 가는 것이겠지요.

어머니!
저도 잠시 객석에 남은 나그네일 뿐
우리 역할은 모두가 끝나버린 것 같습니다.

새롭게 무대에 오를 이들을 위하여
둘레나마 말끔히 정돈해 놓아야 겠습니다......

# 초혼사(招魂辭)

어머니!
인생이란 것이 희비애증에 매달렸다가
떠나가면 끝나는 것은 결코 아니겠지요
그토록 깊으신 믿음의 당신이었사오니
저 높은 곳 천당의 평화스러운 요람에서
훨훨 자유로운 영혼으로 쉬고 계시겠지요.

생전에 꽃송이 드린 적조차 희미하오나
육신끼리 작별했던 이곳에 꽃다발 놓고
무릎을 꿇고 고개를 숙여 간청을 드리옵니다.

다음 주에 소영이가 살고 있는 유럽으로
칠순 관광 여행길에 오르기로 하였삽기
당신을 모시고저 여기를 찾아왔사옵니다.

말로만 듣던 알프스의 만년설 영봉에다
그 유명하단 로마 바티칸 대성당 앞에서
경건하게 옷깃을 여미어 보고저 하옵니다.

초혼사(招魂辭)

하늘도 당신과의 나들이를 축하하는 듯
긴 가뭄 끝에 단비를 내려주고 있사오니
소년과 어머니의 옛날이 될 것 같사옵니다.

# 스위스

어머니!
흰 눈을 머리에 쓴 동남서북 산 밑 곳곳마다
크고 작은 폭포에 넘칠 것 같은 맑은 호수에다
동화 속의 그림 같은 집들이 잔디 위에 앉고
윤기 짙은 이름 모를 나무들의 울창한 위용에
골짜기마다 시원한 고속도로를 뚫어놓은
깊은 숨을 쉬게 하는 곳 여기가 "스위스"랍니다.

두드리면 콩콩 소리 날 것 같은 맑은 하늘이
금방 구름을 모아 비를 뿌려주기도 하는
온갖 사계절의 식물들이 공존하는 요람에
계곡 옆 펄마다엔 젖소가 무리 짖고 있군요.

우리 조상님들이 장작에 낙엽까지도 긁어
돈돌방에서 고담준론으로 헛기침 하는 동안
이곳에서는 국토를 정원처럼 가꾸었으니
치산치수에서 후진국을 자초한 것 같습니다.

# 고성(古城)

고대축성의 발자취 붉고 엷은 벽돌들이
천수백년 풍진에도 철벽처럼 온전한데
천병만마의 포효소리는 어디에 숨었는가.

높은 벽 거대한 성문 쌓아 올려놓기까지
권력의 채찍 아래 스러진 목숨 또 그 얼마
영고무상을 알리는가 성루 위 까마귀들이.

# 베니치아

어머니!
백열여덟 개의 섬을 자르고 다듬어서
운하 백아흔일곱 개 다리 사백 개를 세운
옛 베니스 공화국인 수상도시가 기다립니다.

노래로만 들었던 "산타루치아"역 앞에서
S자로 엇갈린 대운하를 건너서고 나니
택시까지도 수로 위에 흰 거품을 토하는
자동차라곤 없는 시가지가 다가옵니다.

교차되는 물길의 미로 같은 골목 끝에는
"산타마르코" 대성당에 광장이 나타나고
수호신이 묻혔단 대리석 기둥 아래 켠의
모자이크 위에 앉은 금붙이가 눈부십니다.

때가 되면 종소리를 낸다는 시계탑에
무기 박물관 숱한 사연의 "탄식의 다리"에
갤러리의 명화에 궁전마다의 예술품들
백만 명의 관광객도 결코 우연이 아니군요.

유리공예 "뮤라노"섬의 외곽을 오고가는
유람선 꼬리마다가 은빛파도를 낳고
최초의 부기의 상혼까지도 살아 있는 곳
한번 더 뒤돌아보는 환상의 도시였습니다.

# 융프라우

톱니바퀴의 이빨까지 세 개의 레일 위로
해발 4158미터의 융프라우봉을 향하여
산악열차가 숨 가쁘게 기어오르고 있습니다.

능선 위 역에서 두 번이나 기차를 버리고
바위산을 뚫은 천연암벽 속 터널 안에서
천길 벼랑을 보여주며 잠시 숨을 돌리고는
다다른 곳이 얼음벽 속 유럽의 지붕이랍니다.

거울 같은 미로의 유리궁전의 "스핑그스"
또 한 번 올라본 전망대 베란다 출구에는
인간들의 대자연에 대한 무엄한 도전을
구름에 안개 눈에 바람이 회오리 되어
감이 더는 다가설 수 없노라 노효하고 있군요.

어머니!
산 호수에 그리고 골짜기뿐인 이 나라가
삼만 불의 소득에 0.2프로의 실업률임을
저는 오늘 융프라우를 관광터로 가꾸어온
스위스인의 슬기에서 발견할 수 있었습니다.

# "툰" 호반

어머니!
잘 정돈된 현관에 호텔내부 보다가는
자리한 주위의 경관이 보다 더 멋있는
깡충깡충 뛰며 소영이가 좋아하면서도
별이 하나도 없는 호텔을 찾아냈습니다.

맑은 호숫가의 정원 쉼터 곳곳에서는
원색옷의 청춘남녀들이 오순도순 앉고
짙푸른 등나무 밑 가장자리의 수영장은
아직 물을 채우지 않았기에 더 깨끗하군요.

백조들은 삼삼오오 보트 옆에서 졸고
저 먼 곳은 빛물결의 잔잔한 파문들이
저녁노을에 금빛 되는 그 건너편에는
빨간 기차가 메아리를 낳으며 달려갑니다.

베란다 식탁 위의 상추쌈에 고기구이는
언제나 보아온 낯익은 우리음식이지만
젖은 숲의 향기를 곁들인 풍요한 만찬
아마도 못 잊을 추억의 한때가 될 것 같습니다.

# 바티칸대성당

어머니!
벽 높이 71미터 천정 132미터나 되는
그 유명한 세계최대의 성당이 여기올시다.

천정과 벽마다에 조각그림이 찬란하고
발코니 아홉 개에 출입문 다섯 개가 있고
이 안에만도 여석 개의 예배당이 있으며
육백 명이 미상에 참배를 할 수 있다고 합니다.

중앙에는 무거운 위엄의 웅대한 대재단이
성베드로와 교황들이 묻혔다는 무덤과
순교자들 앞에선 옷깃을 여미게 되는 군요.

로마시 한가운데 109에이커 영지지만
모든 크리스찬의 지구 위의 총본산으로서
교황청이란 당당한 국가이기도 하답니다.

어머니!
반바지 미니스커트의 제한을 하고 있지만
스스로 복장을 다듬고 바른 자세를 취하니
종교의 원천은 심리학이었던 것 같습니다.

# 콜로세움

서기 팔십년대에 건축문명의 정수에다
"티투스" 황제가 절대권력을 접목시켜
로마중심가에 우뚝 지금에도 남겨놓은
웅대한 영고성쇠의 상징물 고대 콜로세움.

오만 명의 군중의 환호에다 시립 속에서
물을 채워놓고 해전까지 연출시키면서
제왕 곧 신앙으로 복종치 않던 이교도들과
전쟁포로들을 맹수의 밥이 되게도 했던 곳.

이천년의 풍진 세월이 가버린 곳에 앉아
떠올려보는 "쿼바이스"에 "삼손과 데릴라"
아비규환이었던 영고무상의 옛 자리 위의
파란 하늘엔 오늘도 햇빛만 눈부십니다.

어머니!
"콜로세움이 서 있는 한 로마는 건재하리라"
"콜로세움이 무너지는 날에는 로마도 멸망하리라"
"로마가 멸망하면 이 세상도 멸망하리라"
그때 예언가 "배타"가 말했단 자리에서 이것을 썼습니다.

# 영고(榮枯)의 터

"벤허"의 무대였기도 한 잡초 위 경기장에
궁전 앞 개선문까지의 옛길은 남았다만
지금에는 들어볼 길 없는 승전고에 환호소리.

우뚝 남겨진 기둥 위에는 하늘만 드높고
오! 지네까지 외치며 비운에 간 풍운아
쓰러진 "지져"의 옛 자리에는 장미꽃 세 송이.

# 카프리섬 그리고 나포리항

푸르다 못한 쪽빛바다 몇 만 년을 씻었기
저리도 절묘한 벼랑에 바위를 빚었는가
물과 절경에 취한 한 시간 뱃길의 카프리섬.

인정까지 가꾸는가 섬의 자랑 푸른 동굴
오가는 유람선의 낯선 이까지 흔드는 손
귀로에야 실감케 되는 삼대미항 나포리 항구.

# 폼페이

인과응보에 권선징악 그 모든 것이 실종된
생지옥의 잔인한 터가 이땅 위에는 있었군요.

모든 역사에 문명 그리고 유물유적이란
인간의 존엄성이 있음으로서 빛이 있는 것
노아의 홍수에서도 짐승의 씨는 남겼거늘
아무 것도 용납 안 되는 절망의 암흑 속에서
자식을 껴안고 죽은 어머니의 절규까지를
전지전능하신 당신께서는 어이 외면하셨나이까.

삶이란 곧 죽음으로 인생을 부여하셨지만
분신들로 이러지는 징검다리는 될 수 있기에
영혼을 가꾸는 종교에 "샤머니즘"도 생기지 않았나이
까.

그 단절의 길고 길었던 세월 천팔백 년 끝에
햇빛을 본 폐허에 영원이 굳은 미이라 앞에서
지리학상의 불가피성을 주장하실 수 있으며
"영혼을 구제 받아야 하노라" 설교하실 수 있겠나이까.

어머니! 저도 결코
십자가의 고귀함을 부정하지는 않습니다
그러나 이광경이 안막에 살아있는 한에는
두 손을 모으고 기도하기는  어려울 것만 같사옵니다.

# 무덤
### ― "카타콤"의 무덤에서


새빨간 튤립 꽃에
파아란 밀알들이 싱싱한
순교자 당신네들이 묻혀있는 펄 위에 선채……

지금의 하늘에는
빛 잃은 달이 동쪽에 앉고
붉은 해는 서산을 넘으며
온 누리를 저녁노을로 물들이고 있습니다.

삶이란 결과에 있어
각자 주어졌을 때 왔다가
거두면 따라가야겠지만
희구해야 할 인간의 보람이란
죽음의 자리의 선택이었느냐 하고
외람되지만 소리 죽여 묻고 싶어집니다 그려……

# 헤어짐

어머니!
이제 우리들이 헤어져야 할
마지막 유럽 땅 로마공항에 도착하였습니다.

저리도 열심히 잘 살아가고 있기에
이리 뿌듯한 가슴이 되게 해 주는데도
자꾸만 뒤를 돌아보게 됨은 어인 까닭일까요.

언제나 오솔길을 그리워하고 있는
나의 두터운 옷까지도 벗게 해주는
소영이와 함께 있고픔 때문일까요
아니면 칠순도 넘겨버린 황혼의 탓일까요.

만남이란 것이 곧 헤어짐이었던 것을
당신과에서 이미 아프게 익혀버렸지만
헤어짐이란 역시 이토록 쓸쓸한 것이군요.

하지만 어머니!
헤어짐에서의 아쉬움이 있기 까닭에

이별 뒤엔 이렇게 그리움이 남기 때문에
뒤를 돌아보게 되는 인생이기도 하겠지요
그리고 보고픔을 지닐 수 있다는 그것은
우리가 행복하다는 증거이기도 하겠지요.

# 제 4 장

# 회고(回顧) 편

# 자성(自省)

가진 것도 학력도 없었기
닥쳐오는 세파들 앞에서
임기응변으로만 살아온 삶.


사물에 대한 숙고부족으로
실패 뒤의 교훈도 얻었으나
악순환만 많았던 발자욱.


생애가 모두 끝나가건만
원숙 되지 못한 가치관에
보람보단 아쉬움 많은 궤적.


언제나 회의가 앞섰기에
결국 신앙도 얻지 못하였고
덕과 인에 접근치 못한 인품.


존경할 수 있는 인간상으론
어머니 단 한 분 보았을 뿐
인간관계에도 실패한 인생.

성선론을 신봉은 하였으나
부정적 측면에 고민도 컸던
미완성의 전형적인 자아상.

# 실패작(失敗作)


태초에 짝을 지어 주었더니
금단의 선악과를 따먹었고
카인의 형제간으로 늘이자
피를 손에 묻히기 시작했으며
부족을 이루자 서로 죽이기 시작했습니다.


진노하시게 된 당신께서는
노아홍수로 경고도 했으나
귀로를 모르게 된 인간들은
과학이라는 핑계의 명분으로
당신의 영역까지도 침범하게 되었습니다.


고민하시었던 당신께서는
마지막 처방으로 예수를 보내
영혼의 구제까지 도모했으나
십자가 앞에서는 기도를 하되
눈 뜨고는 무슨 짓도 마다치 않는
아주 교활한 존재들로 바뀌어버렸습니다.

아마도 당신께서 창조하셨던
삼라만상 중 으뜸이긴 합니다만
이제는 당신께서도 어쩔 수 없는
영원히 남게 될 실패작이 된 듯 싶사옵니다.

# 나의 시(詩)

쓸모없고 빛도 없는 시간 낭비인
시란 것을 왜 쓰느냐 물으신다면
다음과 같은 몇 가지로 대답을 하오리다.

고개를 끄덕거려볼 보람보다는
아팠던 발자욱이 더 골 깊었기에
후회되는 이야기만은 남기고 싶어서, 라고.

살았는지 죽었는지 알지 못해도
문득문득 떠오르는 이름들 남았기
그리움만은 고이고이 지니고 싶어서, 라고.

무엇인가를 쓰는 가난한 이들은
욕심 없이 살 수 있다 들어왔기에
아직도 남은 미망일랑 버리고 싶어서, 라고.

# 못잊어

어차피 보내야 할 사람이었기에
숱했던 사랑의 이야기들 잊기로 하고
지금도 사랑하고 있단 마지막 말조차
기다림도 보고픔까지도 버리기로 했었지.

그리움이 세월 속에서 잊혀질 때까지
사무치는 아픔이 솟아 잠을 못 이뤄도
가슴 속 밑바닥에 고이고이 묻기로 하고
한 하늘 아래 산다는 것까지 잊기로 했었지.

그렇게까지 잊으리라 맹세를 했건만
잊어야 하리의 마음이 오히려 못잊어
까마득 세월이 갔건만 아직도 못잊어
마무리 잊으리 애써도 잊을 수 없는 사람아.

# 안국동길 소녀

상큼한 단발머리에 사과빛깔의 두 볼
봉긋한 곤색 가슴에 눈부셨던 흰 칼라
번번이 남겨주던 수밀도 냄새의 향기
날마다 어느덧 서성거렸던 안국동 등곳길.

혼신을 다한 씨익 웃음에 마주친 눈길
고운 입귀 살짝 지어주던 그 미소에
무한한 공상의 나래를 펼치기고 했건만
끝끝내 말 한마디도 건네지 못했던 그 소녀.

선명히도 떠오르는 아름다웠던 그 시절
젖빛 안개 속 줄향나무의 안국동 그 길은
어디인지도 모르게 오십년이 흘렀건만
지금도 만나면 단번에 알 것 같은 그 소녀.

# 무제(無題)

어머니!
일본인들과 자주 어울리는 호화 룸싸롱
젊은 딸들의 교성에 호언장담이 살찌고
폭탄주를 달관인듯 자처하는 풍토에
기고만장되는 광란의 노래와 춤의 터.

때로는 분위기에 휩쓸려 감정에 젖어
옛 노래에다 미친 듯 흔들어도 보지만
온통 취하여 비틀거리는 귀갓길에서도
별무리를 찾게 됨은 어인 까닭일까요.

흘러가버린 옛이야기를 더듬거려보는
벗과의 대폿집 술값을 치룬 뒤에는
휘파람이라도 불고 싶어지는 마음은
옹졸한 가난뱅이의 팔자 탓이겠지요.

하지만 어머니!
고급양주에 아리따운 지분냄새보다는
불우한 황혼들과 주고받는 소주잔에서
차라리 조그만 행복을 찾기로 했습니다
가난한 미소만은 소중히 가꾸기로 했습니다.

# 아버지

당신 곁에는 마치 그림자처럼
언제나 벗들이 함께 계셨습니다.
그리고 그들과 약주를 즐기곤 하셨습니다.

거나하시었던 섣달께 어느 날
한 인간으로서 성패의 여부는
재물도 명예도 학식도 아니란다
그 사람의 관 뚜껑이 덮여졌을 때
진심으로 먼저 보낸 것이 아쉬워
아픈 눈물의 벗이 몇이나 되는가
그런 사람이 세 사람만 있었다면
그의 인생은 곧 성공한 삶이라 하셨습니다.

아버지!
쉰아홉 아까운 생애 닫으셨을 때
가신 당신 앞의 그 많았던 통곡에도
그땐 미쳐 그 뜻을 헤아리지 못하였나이다.

얽히고 설켰던 인간관계 속에서

성선론의 신봉을 주장하면서도
심오하신 그 뜻을 못 익혔사오며
이제야 겨우 인간에겐 밥보다 정이
더 소중한 시량이었음을 깨닫게 되었습니다.

# 형수

내게는 그 모습을 떠올리기만 하여도
가슴이 따뜻한 형수가 한분 계십니다.
인품이란 학식에 있지 않다는 진리를
실증해 주신 산증인이시기 때문이지요.

시집오신 지 육십 여년이 흘러갔지만
높은 소리라곤 한 번도 들어보지 못했던
말없이 고향땅을 지켜온 "만석봉"처럼
구심점이 되어 오신 우애의 기둥이었지요.

어머니 희생이 칠남매를 키웠듯이
그 많았던 풍파에도 견뎌온 인내심에
슬기로움과 여인답지 않은 그 도량이
명문가다운 집안이란 선망도 얻어냈지요.

깊은 좌절에 삶의 의욕을 잃고 헤맬 때
"결코 다시 일어설 수 있습니다"란 말에
감전이 된 듯 용기의 샘도 되어주었기
팔십 고개를 바라보는 지금까지에도

한결같이 "새아지매"라 부를 수 있는
더 없는 삶의 든든한 벗이기도 하였습니다.

이승을 깨끗이 마무리 못했습니다만
따뜻한 정만은 저승까지 지니고 싶습니다.

# 딸

들고 싶었던
딸의 목소리에
얼른 두 손으로 반가운 수화기
못 만나 본 지 십년이나 된 듯
와락 높아지는 아내의 숨소리.

소중한 꿈속
잠꼬대하듯
쌓였던 보고픔 가닥가닥 실린
정겨움 겹치는 모녀의 사연에
전화기 뺏기고도 웃는 애비의 정.

젖은 눈으로
먼 하늘 보는
아쉬운 통화 끝낸 아내의 눈매
살포시 다가오는 딸의 모습에
지그시 눈 감게 되는 전화의 여운.

# 부정(父情)

어느덧 다가온 칠순의 또한 계절
패이고 찢겨 더럽혀진 땅을 덮은
약수터 가는 동구 밖 새하얀 아침눈길.

똑바로 걸어보리라 다짐을 하고
뽀드득 뽀드득 옛 소리까진 냈으나
모퉁이 길에서 돌아다본 발자욱은
아직도 남아있는 미망을 말해주듯
높낮고 삐뚤어지게만 찍혀 있더구나.

똑바른 삶의 발자취를 남기는 것은
여간 힘겨운 인생의 결과가 아니란다.

지금 새 출발을 하는 너희 두 사람은
다가오는 모든 사물을 차분히 살피고
무엇이 최선인가 항상 생각하노라면
올바른 자세를 지닐 수 있게 될 것이다.

그렇게 걷노라면 거센 눈보라에도

반듯한 발자욱이 또박또박 찍힐지니
마음을 모아 그것을 염원한다는 것이
황혼이 지닌 부정이란 것인가 보다.

# 그리움

나뭇잎새 한잎 두잎
낙엽 되어 또 떨어져도
못 잊는 지난날 이야기들 때문에
추억도 그리움도 엷어질 줄 모르네.

해바래기 삶 있는 한
햇님만 보고 살아가듯
잊으리 다심도 허공에 흩어질 뿐
내 마음 아직까지 너를 보고 있는가.

둘이서 왔던 갈대밭
갯바람만 쓸쓸한데
거닐던 펄은 변함없이 똑 같건만
소리쳐 불러도 대답 없는 메아리여.

흰 눈송이 한 점 두 점
머리 위에다 얹은 채로
꼬옥 잡았던 두 손을 살며시 풀고
또박또박 멀어져 간 넌 지금 어디에.

# 귀로(歸路)


영구는 덧없으며 길에 또한 흙한 인데
타우에 보수진보 편가르기 현주소에서
삶이란 이름들의 허무에다 무상을 본다.


인생이란 혼자나서 왔다가는 외로운숙명
환희도 좌절도 끝남에 있어서 같은것
승자는 무덤이며 패자란 무덤이던가
성공이다 실패 또한 봄날 하오의 꿈인것을.


희비에 애환이란 네것에 실려 읽히는것
참선하는 수도승처럼 낮은 깃을 것으며
이승의 머리 훌훌 털고 떠날수 있게 살리라.

# 간병(看病)일기 편

# 그날

하늘에서 뽀오얀 첫서리가 내리고
찬바람이 불며 첫추위가 오던 날
쓰러진 당신을 안고 뛰다닌 24시간
수술실 문 앞에서 기다리는 초조 속 다섯 시간.

소리 없는 세월이 절규로 다가오는
오십 여년 희비애환의 세월 속에서
당신을 힘들게 한 날들만 올올이 생생하구려.

과립혈관의 결집 세 곳에다가
한 개가 파열되었다는 무거운 선고
회생율 30프로라는 설명의 백의가
구세주와 염라대왕으로 겹치는데
헤어짐이란 이렇게 오는가 숨막히는 순간들.

회한이란 언제나 부질없는 것이지만
초침소리도 길게만 느끼는 11월 16일
불구가 되도 살아만 다오 절박한 염원에
뼈저린 무력감을 느끼는 기나긴 하루였다.

# 회생(回生)


두 차례 여덟 시간의 힘겨운 수술 끝에
중환자실의 삶과 죽음의 고개를 넘어
살아서 일반 병실로 돌아와 준 소중한 당신.


겨우 눈을 뜰뿐 합병증이 두렵다 하나
가족에 친지를 단번에 알아볼 수 있고
말까지 주고받을 수 있으니 그저 고마울 뿐.


애지중지 한 밭에 푼돈에 떨던 집착도
날짜도 나이에 살던 집까지 잊어버리고
이리도 깨끗하게 무사무욕이 되어버린 당신.


마주친 눈길 때마다 반기는 웃음에도
당신의 대뇌에 깊게도 새겨진 아픔이
비틀거렸던 내 발자취와 얽히고설켜 있구려.


아마도 이제부터의 병마와 싸워야 할
시련의 힘겨운 세월이 도사리고 있겠지만
평안한 마음 되도록 혼신의 힘을 다해보리다.

# 그 밭에서

당신이 그날 쓰러졌던 그 밭자리에
처음으로 당신이 없이 손자와 딸과 함께
허전하고 쓸쓸한 가을걷이를 왔다오.

정성을 다했던 당신의 손길에서
파랗고 싱싱하게 자랐던 잎새들은
군데군데의 쓰레기뿐으로 가버리고
풋추만 남아서 오들오들 떠는 옆에는
잎새 잃어버린 고춧대들만 앙상하구려.

그리고 이제 곧 닥쳐올 북녘 찬바람에
이 빈자리들이 꽁꽁 얼어붙고 난 뒤면
흰 눈에 덮인 채 긴 겨울을 보내게 되겠지.

그러나 내년에도 어김없이 봄이 오고
진달래가 산들을 붉게 물들일 쯤이면
공들인 만큼 자라 준다던 푸성귀들이
당신의 씨앗 보듬는 날을 기다리겠건만.

# 퇴원(退院)


느닷없이 닥쳐온 뇌출혈 후유증에
수직화 되어버린 당신의 가치관이
앞으로의 세월을 더 힘들게 할 것 같구려.


작업치료엔 이 나이에 무슨 수놀이냐
오남매 젖 먹여 키워 짝까지 지었거늘
왜 간병인의 도움을 받느냐 완강한 저항.


착하고 순하던 당신 누구의 설득에도
그 순간만 지나면 깨끗이 잊어버리는
부처님 교훈의 업(業)이란 바로 이런 것인가.


후들거리는 몸에 옮겨지지 않는 다리
대소변을 도움 없이 해결할 수 없어도
잠꼬대처럼 호소하는 "집에 가자"는 말.


마음이나 편하게 한방에 의존해보리
휠체어로 작별하는 병동 앞 주차장엔
오늘 따라 한 송이 두 송이 첫눈이 휘날리네.

# 또 다시 K의료원

집에 돌아온 아내의 통원치료의 나날들
고슴도치 같은 침에다 레이저 치료에도
무거워만 지는 다리에 고개 못 넘는 기억장애.

혼자서는 걸을 수 없는 것조차 잊어버리고
넘어진 팔다리 얼굴에 온통의 멍투성이
울고 싶어지는 심경도 내가 짊은 숙명인가.

당신과 나 모두 옛 고려장 나이를 넘었으니
꿈을 모아보기에는 소재가 이미 바닥났고
목표설정하기에는 산출근거가 이젠 없구려.

명의 허준에 이제마를 어디에서 찾으리
한 양방 공존의 최고라는 경희의료원에서
그래도 또 다시 투병의 세월에 도전해 보리니……

# 투병(鬪病)

보사부에서 선정한 전국최고란 의료원
깊은 산 명찰 찾아 불공을 드리는 심정으로
휠체어에 아내 싣고 걷게 해보리 찾았소이다.

무슨 무슨 사진에 혈액검사 대소변검사
병원마다 정례행사 따를 수밖엔 없소만
이래저래 엷어지는 환자에 가족의 지갑들.

권위를 키우는가 주교수뒤 줄줄의 수행원
왼쪽 뇌경색으로 오른편이 약해겼소이다
인술은 그저 따라야겠지만 많이도 들어온 소리.

밤이 깊어도 아침 오고 겨울 뒤엔 봄 오는데
오늘도 온몸에 꽂힌 침 물그레한 한약에서
당신과 나의 봄은 정녕 다시 찾아와 주려는가.

# 응보(應報)


잠깐만 곁을 떠나도 기다림을 잃은
"빨리 돌아오세요"라는 절박한 음성
지난날의 그 아픔을 너무도 잘 알기에
인과응보의 뜻을 되새기는 어제와 오늘.

이제 당신의 마음의 평화를 위하여
최선을 다해보리라 자서하고 있지만
끼니를 제대로 갖지 못하는 나의 지병에
짧은 보조침대의 밤은 너무도 힘겨웁구려.

유명에 뿐인 같은 일진일퇴 40여 일
옆자리에 병상의 중환자 신음 소리에
잠을 잃고 쳐다본 창 너머 새벽하늘은
당신과 내가 처음 만났던 그날 밤처럼
찬란한 별무리가 쏟아져 내릴 것 같건만.

아마도 인생의 보람과 행복이란 것은
정녕 지니고 있을 때에는 느끼지 못하고
지나고 난 뒤에야 찾게 되는 것인가 보구려.

# 징검다리

오늘은 무슨 요일 잔병에 효자 없다며
날마다 날마다 분신들만 기다리는 당신.

오남매 모두가 중산층의 고개를 넘어
열심히 살아주고 있다는 그것만으로도
당신과 나는 고마운 것을 느껴야만 하오.

삼남매의 엄마에 선생님이기도 한 딸
하루를 건널세라 찾아오는 밝은 웃음이
우리의 병마와의 싸움의 이 시간들을
얼마나 가볍게 해주고 있는지 알아야 하오.

올 때에도 각각 생일들이 다른 것처럼
갈 때에도 서로들은 뿔뿔이 떠나는 것
이제 우리의 징검다리 역할은 끝났으니
남은 세월이 아쉽고 고달프다 할지라도
마음 모아 행복한 삶 되도록 기도나 합시다.

# 황혼(黃昏)


육신의 병들도 마음만은 가꾸어 주는가
세속욕심과 미망의 옷을 모두가 벗은 듯
병마와 힘겹게 싸우고 있는 조용한 사람들.

호스를 코에 꼽고도 염주를 쥐신 할머니
머리맡에 선경을 두고 잠을 자는 아낙네
달관을 한 듯 중풍 오년이란 할아버지
계엄사에 있었단 아내를 돌보는 노신사
병상의 자식을 보살피고 있는 늙은 어머니.

모두가 이제는 어떻게 사느냐 보다가는
어떻게 죽느냐가 문제인 황혼들이지만
태생의 성선을 되찾은 듯 차분한 눈길들.

투병의 아픔으로 세월까지 말라가지만
아직은 삶의 본능까지 버리진 못했지만
문병객 포도알도 이웃병상과 꼭 나누는
희로애락도 넘어선 뽀오얀 마음된 사람들.

# 집으로

"의식주"의 의와 주는 소용조차 끝났지만
어쩔 수 없는 식에다 감당키 힘든 병원비
철새처럼 떠돌아야 하는 고령자의 투병생활.

장기전 각오였단 엊그제 환자에 남편도
입원치료 단념하고 하나 둘씩 떠나는데
걸음만도 결코 보장되지 않는 이곳에다만
남은 삶의 시량을 모두 쏟을 수만은 없는 것을.

요양원 길도 있다지만 남아 있는 세월에
육신보다는 산산이 부서질 정신의 파괴에
이도저도 어려운 투병의 높고도 험한 고개여.

차라리 이것이 당신과 나의 운명일진대
인생이란 애당초부터 시작이 곧 끝인 것을
집으로 돌아가 남은 세월이나 조용히 보냅시다.

# H한방병원

또 다시 찾아본 서민대상이란 한방병원
장모를 쾌유시켜 운전도 한다는 원장에
지푸라기라도 잡겠다 입원한 이인용 병실.

힘겨운 투병 끝에 등창이 난 건너편 병상
한양공대 출신에 번듯한 건축 업주였다는
돌아눕지 못하는 식물인간 왕년의 여장부
주말마다 찾는 딸의 시름에서 보는 인생의 무상.

간병인의 선택풍파 몇 번인가 겪은 끝에
또 다시 도전해보는 재활치료 싸움에서
급기야 나까지요 "단식요법"의 입원신세
이 인실 대절 덕에 평화스러운 아내 옆에서
천수를 거부하는가 회의에 잠기는 밤과 낮들.

H한방병원

# 체념(諦念)

가족 같은 간호원들에 분위기는 좋지만
기대 반 실망반의 육십 여 일 지나가도록
천근만근의 몸에다가 무겁기만 한 두 다리.


어떻게 하리까에 요양동 권유 병원장
인술도 결국엔 영리추구의 수단이련가
진인사대천명이거늘 남은 세월과 씨름뿐.


마지막으로 수술했던 K병원 MRI검사
척추에서 골수 뼈는 사경의 세 시간 끝에
“좀 더 두고 보자”에 우리가 떠나야 할 병원들.

# 이사(移徙)


떠날 때를 위한 준비도 이젠 필요하기에
애들이 오가기 쉬운 외곽에 셋째가 사는
동백동 작은 집으로 이사를 하기로 했다오.

주마들 같았던 이사 헤어보니 스물세 번
파란만장 세월에 희비애환도 쌓였지만
못 챙겨 보는 첫 번째자 마지막 이사 같구려.

오십년 장독에 유행하곤 거리먼 옷가지
닳고 금간 그릇에 못쓰게 된 가전제품들
재활품 속서 주워온 물통에 유모차까지
빈 몸으로 왔다 수의라도 감는 인생인데
가벼운 몸 되어 훌훌 털고 떠나야겠기에
버리고 가야 할 것들이 트럭 한 대분은 되는구려.

장롱을 두 쪽으로 나눠야 할 24평이지만
분신들이 주말이 되면 찾아올 이 집에서
재활통원치료에 알맞은 병원이나 찾읍시다.

# 재활치료

재활치료병원을 곳곳마다 찾은 끝에
S.B, 병원에 통원치료를 신청했던바
몇 개월씩 기다려야 하는 멀고도 높은 문턱.

가까스로 구한 아르바이트 재활치료사의
부담이 큰 출장으로 공도 들여 보았지만
무거워진 몸의 분기점은 낮아질 줄 모르고.

칠순도 넘겼으니 희망이 곧 욕심이런가
겨우겨우 쌓아 놓았던 약간의 회복세도
순간의 합병증으로 원점회기되는 악순환.

천신만고 인맥동원 재활병원 문을 뚫어
통원치료 주 이회의 길까지는 열었으나
어느덧 저물어가는 덧없는 세월의 이 한해.

# 수중치료

재활통원 치료로 덧없이 흘러간 오 개월
기억력 회생은 좋아지는 듯 반갑긴 하나
누워서만 보내는 세월 일진일퇴의 되풀이.

책에다 보고 익혀 재활치료사 되었기에
매일 한 시간씩 손수 운동도 시켜보지만
걷고자 하는 의욕제고 방법엔 속수가 무책.

마지막으로 받은 처방 수중의 물리치료
부력 이용에 체중감량 기대할 수 있다기에
또 한 번 시작해보는 일주 이회의 추가 통원.

아마도 이것이 마지막 수단의 시간일 듯
완쾌까진 기대 않지만 조금만 회복되어
화장실에 만이라도 가도록 기원하는 나날들.

수중치료

# 류용희 시인론

한용국 | 시인, 문학박사

## 1.

문학은 사회를 반영한다는 명제는 아주 기본적인 명제다. 이 명제는 그러나 문학의 가장 본질적인 측면을 담지하고 있다. 그것은 문학이 결국은 한 개인의 삶의 기록에서 나아가 사회 역사적 상황을 담아내는 그릇이라는 것을 의미한다. 이러한 의미는 우선 대표적으로 두 개의 장르로서 실현된다고 할 수 있다. 개인이 느낀 정서적 순간들은 서정 장르인 시라는 양식으로 실현되며, 개인의 삶의 구체적인 상황과 갈등들은 서사 장르인 소설을 통해서 실현되는 것이다. 물론 두 장르가 교호적으로 맞물리기도 한다. 서사를 품은 서정도 존재하며, 서정을 품은 서사도 존재한다. 그리고 이 두 서정과 서사의 절묘한 맞물림에서 더욱 감동이 오기도 한다.

　이런 점에서 류용희의 시집 『남기고 싶은 이야기들』은 서
정과 서사를 적절히 용해시키면서 시인의 서정과 서사를 잘
융합시켜 드러낸 시집이라 할 수 있다. 그의 시집에 실린 시
들은 기본적으로는 운문 장르인 시조의 양식을 띠고 있다.
그러나 그 속에 담겨진 이야기들은 자연에 대한 사랑과 어
머니에 대한 그리움 그리고 자신의 일생에 대한 담담한 회
고와 투병일기에 이르는 순간들을 다채롭게 담아내고 있다
고 할 수 있다. 특히 시조라는 장르는 견고한 서정적 양식이
어서, 서사적 상황들을 담아내기는 어려운 양식임에도 불구
하고 류용희의 시들은 매끄러우면서 풍부하게 서정적 양식
의 지평을 확장해 낸다.

　우선 류용희의 머리말을 주목할 필요가 있다. 그는 머리
말에서 이렇게 말하고 있다.

> 　이러한 것들의 결론으로서 무엇인가 삶의 발자취라도 남
> 겨 놓고 싶어져 "남기고 싶은 이야기들"이라 제하여 나의 궤
> 적을 정리 마지막 시집으로 엮어 보기로 하였다. 또한 나의
> 이러한 시가 통상적인 문예성 시와는 거리가 먼 것임도 잘
> 알고 있기도 하다. 그러나 누군가 언제가 되던 이것들을 읽
> 고 나의 "체험시" 중에 공감을 느끼고 그 사람의 가치관의 질
> 의 향상에 조금이나마 참고와 도움이 되었으면 싶은 것이 소
> 망이자 간절한 희망이기도 하다.

　여기서 그는 이 시집의 시들은 통상적인 문예성시가 아니
라 '체험시'로 분명히 규정하고 있다. 통상적인 문예성 시

와 그가 말하는 체험시의 차이는 분명해 보인다. 그 체험시는 자신의 삶의 체험을 통해서 타인들에게 공감을 주고자 하는 것이 목적이다. 결론부터 말하자면 그가 한 권의 시집을 통해 이루고자 하는 목적은 충분히 실현된 것으로 보인다. 자연에 대한 공감에서 투병일기에 이르기까지 그의 서정과 체험의 기록들은 단아하면서도 아름답게 그리고 구체적 상황과 그 느낌의 전달을 생생하게 표현해 내고 있다. 이 시집의 이러한 '체험중심적'인 것은 오히려 통상적인 문예성 시가 가지지 못하는 점을 충분히 극복하고 있다고 할 수 있을 것이다. 결국 모든 문학의 목적은 감동에 있는 것이라고 할 때, 그의 시들은 읽는 이에게 한 사람의 삶의 신산과 고뇌와 반성을 충분히 유발시킬 수 있을 것이라고 보여진다. 이러한 것이 가능한 것은 그가 이미 세 권의 시집을 발간한 시인이라는 점에서, 충분한 사유와 장르의 훈련을 거쳤다는 점에서 분명하게 입증되고 있다고 할 수 있다.


2.


그는 시집의 첫 목록을 자연에 할애하고 있다. 그의 대표작이라고 할 수 있는 서시(序詩) 또한 「보리밭」이다.

어젯밤에 온 단비에 말끔히도 씻긴
앞산들이 성큼 다가선 보리밭에서
눈이 시리도록 새파란 보리 잎들이
싱그러운 파도물결의 바람을 타고

서로들 발돋움하며 싱그럽게 춤춘다.

가시처럼 상큼해진 보리이삭들이
하늘을 향하여 뻗어오를 수 있음은
기나긴 겨울에다 이 봄이 다 가도록
몸이 썩도록 실뿌리 돼가며 키워준
씨앗들의 희생이 있었기 때문임을
다투어 패기 시작한 보리들 모두는
눈앞의 오월달의 젊음에 흠뻑 젖어
까마득하게들 잊어버려가고 있었다.

─서시(序詩), 「보리밭」 전문

우선 그는 「보리밭」에서 보리들이 '싱그러운 파도물결의 바람을 타고/서로들 발돋움하며 싱그럽게 춤춘다'고 하면서 오월의 보리밭을 생동감있게 묘사해 낸다. 그러나 그 생동감만을 묘사하고 찬양하는 데 그치는 것이 아니라, 2연에서 보리이삭들이 하늘을 향해 뻗어 오를 수 있는 것은 긴 겨울 동안 몸이 썩도록 실뿌리 되어가며 키워준 씨앗들의 희생이 있었기 때문이라는 깨달음을 제시한다. 그리고 한 걸음 더 나아가 보리이삭들이 오월의 젊음에 흠뻑 젖어 그 희생을 까마득하게 잊어버려 가고 있다고 말하고 있다.

이렇게 볼 때 보리밭의 보리들은 단지 자연의 대상으로서의 보리가 아니라 우리 삶의 우의로서의 보리라고 할 수 있다. 한 개인의 삶, 젊음이 찬란할 수 있는 것은 그 개인이 가진 능력이나 힘 때문이 아니라, 누군가의 희생이 그 뒤에 있다는 것을 말하고 있는 것이다. 그것이 부모이든 혹은 타인이든 간에 누군가의 희생이 없다면 다른 사람의 행복은 존재하지 않는다는 삶의 근원적인 진리가 시적 사유의 밑바탕을 이루고 있다.

그러나 단지 이 시는 그러한 진리를 제시하는 데에만 그치지 않는다. 시의 마지막 연 '눈앞의 오월달의 젊음에 흠뻑 젖어/까마득하게들 잊어버려가고 있었다' 라는 데에 이르러 서정적 반전이라고 할 만한 것을 품는다. 그러한 희생을 망각하는 보리들 혹은 인간들의 망각을 반성하는 듯하면서도 젊음, 신생은 그 자체만으로도 충분히 아름답다는 것을 보여주는 데 성공하고 있다. 그 신생의 순간이 지나고 먼 훗날 쇠락의 계절이 올 때, 그들 또한 다시 흙으로, 희생의 자리로 돌아가는 것이라는 것을, 그 순환을 시인은 시로 말하지 않고도 행간과 여백에 채워놓은 것이기 때문일 것이다.

그의 시에 드러나는 자연의 소재들은 가만히 살펴보면 대부분 그리움의 정서를 드러내 보이는 경우가 많다.

로터리 옆 모퉁이에 심어진
칸나 꽃이 소리 없이 울고 있다.
밤낮의 차 소리 숨 막히는 속에서
혼신의 힘을 다하여 피운 꽃이
붉어야 할 꽃이 자줏빛 되었기에
슬프고 안타까워 칸나 꽃이 울고 있다.

바뀐 풍토에 향기도 죽고
삶은 푸성기 된 떡갈잎새들
꺾인 상처에는 진물이 흐르고

밤하늘에는 남십자성도 없고
남쪽바람조차 오늘은 없기에
상처 깊은 칸나 꽃이 서럽게 울고 있다.

먼 남쪽에서 본시 살았는데
분종이란 이름으로 뽑고 찢어서
결코 일년초가 아니었건만
삶의 뿌리까지 앗아가 놓고
표지판이란 묘비를 세웠는가
지쳐버린 칸나 꽃이 타향에서 울고 있다.

- 「칸나 꽃이 타향에서 울고 있다」 전문

칸나꽃의 울음은 아마도 시인의 울음일 것이다. 피어야 할 자리에 피지 못하고 도시의 한 귀퉁이에 심어진 채 도시의 공해와 소음 속에서 피워야 할 꽃을 피우지 못한 채 기형적인 꽃을 피워버리는 슬픔은 아마도 우리 시대의 삶에 대한 설움이자 연민이라고 할 수 있다. 고향을 떠나 타향에서 신산을 겪으면서 끝없이 고향을 그리워하며 살아가는 것이 현대의 부박한 삶의 형식이며 그 속에서 보이지 않는 눈물을 흘리며 살아가는 삶을 칸나꽃에 빗대어 잘 형상화 해 내고 있다. '향기도 죽고/ 삶은 푸성귀 된 떡갈잎새들 / 꺾인 상처에는 진물이 흐르는' 삶이 결국 도시에서의 뿌리내리고 살아가야 하는 우리들의 삶이 아닐 것인가. 어쩌면 이 시는 시인 개인의 삶이 아니라 동시대를 살아왔던 모두의 삶을 형상화하고 있는 것이라고 할 수 있겠다. 상처를 가진 자 만이 상처를 가진 타인들을 알아 볼 수 있고 함께 울 수 있으며 서로를 위무할 수 있는 것 아닌가. 시인은 자신의 울음 뿐만 아니라 타인의 울음까지를 함께 들으면서 서로가 저렇게 상처받은 칸나꽃이라는 것을 보여주고 있는 것이다.

그래서 시인은 마지막 연에서, '삶의 뿌리까지 앗아가 놓고 / 표지판이라는 묘비를 세웠는가' 라는 비판적인 탄식을 보여준다. 표지판은 길의 방향을 가리켜 주는 표지들이다. 그러나 어느 방향에도 사실은 고향이 우리에게 주는 것과 같은 안식은 존재하지 않으며, 타향에서의 상처와 설움만이 존재하는 것이다. 그렇기 때문에 타향에서의 길은 결코 안식으로 나아가는 따듯하고 살아있는 길이 아닌 고난과 신산이 존재하는 차갑고 죽어버린 길이다. 그러므로 표지판은 묘비가 되어버린다. 어느 방향에도 진정한 삶, 따듯한 공동체는 존재하지 않는다는 것이다. 아마도 그 길은 '남십자성' 이 가리키는 방향에 존재하고 있지 않을까.

　　봄여름 다가도 찾는 이 없었지만
　　날마다를 지새는 가을밤이 오면
　　희미하게 밤을 밝히는 남폿불 밑이
　　아낙네 마실 이야기 샘도 됐건만
　　흰머리 날리던 방아지기 노인처럼
　　이제는 찾을 길 없는 아쉬운 물레방아.

– 「물레방아」 부분


　　붉게 노을 진 하늘에
　　기러기가 떠나가고
　　옥수수가 익어가는

보름달이 찰 때쯤엔

엄마 찾는 이들을 위하여

고추잠자리와 함께 어울려

나풀대는 춤으로 반겨주는 고향꽃.


－「코스모스」 부분

  그의 시에서 자연의 소재들이 가장 평화로울 수 있는 공
간은 위에 제시한 두 시에서 보이는 것처럼 잊혀진 과거의
공간이며 돌아갈 수 있는 고향의 공간이다. 그는 '가을 밤이
오면 희미하게 밤을 밝히는 남폿불 밑의 아낙네들의 이야기
샘'의 도란도란하고 평화로운 정경이거나 붉게 노을 진 하
늘에 기러기가 떠나가고 옥수수가 익어가는 보름달이 찰 때
쯤의 가을 밤의 아늑하고 서정적인 시간이 주된 정서를 이
루고 있다. 그 공간은 도시와는 정반대되는 공간이다. 그의
자연시에서 고향정서가 상실되는 이유는 바로 근대적 정서
때문이다. 다른 시 「울다리」에서 그는 '높은 담은 싫습니
다./빈부를 가르는 교만이 쌓이고/ 존경 없는 권위의 성인
것 같기에'라고 비판하고 '발전이라는 이름의 폭군에 밟히
지 않고/시간의 바이러스도 넘보지 못하는' 산촌을 그리워
하는 것이다.

  사실 개발독재 시절부터 시작된 농촌의 근대화는 아름다
운 농촌을 개발이라는 이름아래 무참하게 파괴했으며 수많
은 이농자들을 양산해 내었고, 그 이농자들은 도시 변두리
에서 앞서 말한 칸나꽃처럼 울면서 서러운 삶을 견뎌내야
했던 것이다. 그 역사의 신산을 온 몸으로 겪으면서 '넘어져

도 안꺾이는 갈대' 「갈대」처럼 헤쳐온 시인이 다다르고 싶은
자연은

　　　완행버스 버린 다음에도 한참 걸어서
　　　황토실의 산모퉁이 지나 오솔길 끼고
　　　높아져오는 졸졸돌돌의 냇물 끝에는
　　　자그만 물레방아가 혼자서 돌고 있는 곳.

　　　오순도순 초가집 옆에는 하얀 메밀밭
　　　싱그러운 박꽃은 지붕에서 너울거리고
　　　울다리 밑에서 길게 우는 낮닭소리를
　　　초생달이 빛까지 버려가며 지켜주는 곳.

　　　산바람이 마을을 씻는 하로가 끝나면
　　　굴뚝마다 피어오르는 구수한 연기에
　　　달짝지근한 옥수수로 입맛을 돋우며
　　　옛날이야기들로 밤을 지샐 수 있는 곳.

– 「소망(素望)」 부분

　　위 시에 드러나는 산촌과 같은 곳이리라 생각 된다. 이 시
는 이 시집 전체에서 가장 서정적이고 따듯한 시라고 할 수
있다. 조용히 읊조려 보면 혼자도는 물레방아며 하얀 메밀
밭이며 싱그러운 박꽃이 떠오르고 어디선가 낮닭 소리가 들
려오는 듯하며 낮달 아래 서서히 저물어가는 산촌의 저녁이
눈 앞에 스르르 펼쳐지는 듯하다. 이 시는 우리가 근대화라
는 이름으로 상실해 버린 아늑한 고향의 정경을 서정적으로
복원해 내는 데 성공하고 있다. 이 시에서 묘사한 산촌의 풍

경은 한 개인의 삶의 체험을 넘어서 우리가 잃어버린 역사
의 원형적 풍경으로 승화되고 있다고 할 수 있다.


3.

레비나스는 그의 타자성의 철학에서 우리가 타자를 어떻
게 바라보아야 할 것인지를 말하고 있다. 그는 타자를 적대
적으로 바라보지 않고 환대의 관점으로 바라보라고 하고 있
다. 그리고 타자를 근본적으로 '과부이거나 실향민 그리고
고아' 로서 바라볼 때 타자를 근본적으로 사랑할 수 있을 것
이라고 말한다. 여기서 주목할 점은 타자를 어떤 존재로서
바라 볼 것인가이다. '과부나 실향민, 고아' 로서 타자를 바
라본다는 것은 그들을 모두 결핍이 있는 존재로서 바라보고
연민하고 위무하는 자세라고 할 수 있다. 사실 우리는 언젠
가는 부모를 떠나 혼자 되어야 한다는 점에서 잠재적 고아
이며, 사랑하는 사람과 끝내는 이별해야 한다는 점에서 잠
재적 과부/홀아비 이며 고향을 떠났거나 고향에서 살거나
시간의 흐름에 따른 변화를 감당하며 살아가야 한다는 점에
서 실향민이라고 할 수 있다.

류용희의 시집은 머리말에서 밝힌 바와 같이 삶을 돌아보
는 형태를 취하고 있다. 그러므로 이 시집에서 드러나는 타
자들은 다름아닌 과거의 자기 자신이다. 즉 자신을 타자로
보고 있는 것이다. 그 일생은 자신의 일생인 동시에 타자의

일생이라고도 할 수 있는 것이다. 류용희의 시선은 그래서일까 성공보다는 패배의 순간에 성취보다는 상실에 기쁨보다는 비애에 시의 렌즈를 세밀하게 맞추고 있어 보인다. 자신을 타자로 바라보면서 동시에 그는 자신 아닌 타자에게도 자신을 바라보는 것과 같이 위로와 연민의 시점을 취하고 있다. 그것은 아마도 이 시집의 근본적인 흐름을 형성하는 어떤 사유와도 관계가 있을 것이라고 생각된다. 그것은 아마도 그의 삶의 자세를 바라보는 근본적인 태도와 관련이 있을 것이다.

영고는 덧없으며 권세 또한 유한인데
좌우에 보수진보 편가르기 현주소에서
삶이란 이름들의 허무에다 무상을 본다.

인생이란 혼자서 왔다가는 외로운 숙명
환희도 좌절도 끝남에 있어선 같은 것
승자는 무엇이며 패자란 무엇이던가
성공이다 실패 또한 봄날 하오의 꿈인 것을.

희비에 애환이란 세월에 실려 잊히는 것
참선하는 수도승처럼 남은 길을 걸으며
이승의 먼지 훌훌 털고 떠날 수 있게 살리라.

― 「귀로(歸路)」 전문


　　인생은 덧없다는 것은 불교적 세계관이다. 인생의 고뇌는 덧없는 욕망과 쓸데없는 분별지에서 온다고 불교에서는 말

하고 있다. 위 시에서 우리는 시인이 세계를 바라보는 시적
사유의 근본은 불교적인 것에 있다고 말할 수 있을 것이다.
영욕과 고락 그리고 권세는 유한한 것이며 우리의 생명이
다함과 함께 덧없이 사라지는 것이다. 그리고 좌니 우니, 보
수니 진보니 하면서 편가르는 것 또한 텅 빈 명분일 뿐, 모
두는 자신의 이익을 채우기 위한 것에 지나지 않는 것이라
는 것을 시인은 똑똑히 인식하고 있다. 그 속에서 그는 삶은
허무하고 덧없다는 것을 느끼고 있다.

그렇다면 그 무상과 허무를 견디는 시인의 자세는 어떠한
것인가. 그는 철저한 고독의 단독자적 자세를 취하고 있다.
인생은 혼자서 왔다가는 외로운 숙명이라는 것을 인식하면
서 환희도 좌절도 끝남에 있어서는 같은 것이며, 승자와 패
자, 성공이나 실패를 분별하여 어느 것이 좋고 나쁘다라고
가르지 않는 삶의 인식을 드러낸다. 그리하여 인생은 봄 날
하오의 꿈이 된다. 시인은 노년에 이르러 자신의 생을 뒤돌
아 보면서 삶이 한갓 몽유에 지나지 않았음을, 욕망과 집착
이 모두 어리석은 것이었음을 말하고 있다. 그래서 그가 걷
고자 하는 길은 참선하는 수도승처럼 정진하며 살아가는 것
이다. 이승의 먼지로 상징되는 집착과 분별을 떨쳐 버리면
서 이승을 떠나고자 하는 것이다.

이러한 깨달음에 이르게 된 데는 그의 삶이 그의 시들에
서 드러나듯이 누구보다도 열정적이었으며, 성공과 실패의
반복 속에서 끝없는 부침을 겪어왔으며, 타인에 대한 사랑
또한 지극했던 데서 기인한다. 그리고 그 삶의 근저에는 어
떤 상황에서도 일어서고자 노력했던 희망에의 의지가 있었

기 때문이라고 할 수 있다는 것은 다음 시가 보여준다.

혼자서 태어나서 홀홀히 가야하는
인생이란 흘러가는 물과도 같으리
가난에 갇혀서 잡초처럼 살아도
새봄이 찾아오면 싹트고 잎도 피리니.

이름도 없이 피어 있는 작은 꽃에도
향기를 지니고 살기에 꿀벌이 오고
불빛을 찾아들어서 한 삶 마치는
하루살이의 생애에도 불타는 뜨거움.

꿈마저 엷어진 웃음기 잃은 사나이
살기초차 힘겨운 오늘이긴 하지만
지금의 밤이 아무리 어둡고 길어도
아침이 오면 밝은 태양 반드시 뜨리니.

앞에 놓인 산에 강 높고 깊긴 하지만
행복이란 스스로가 찾아서 갖는 것
고개를 들고 쳐다볼 푸른 하늘 있으니
또 다시 어깨를 펴고 내일 향해 걸으리.

— 「독백(獨白)」 전문

이 시를 통해서 그는 귀로에서 드러낸 단독자적 삶에의 인식과 함께 어떤 어려운 상황 속에서도 꿋꿋이 일어서는 시인의 삶의 자세를 토로하고 있다. 가난에 갇혀서 잡초처럼 살아도 새봄이 돌아오면 싹트고 잎이 핀다는 것은 시인

이 자연의 진리를 통해 자신의 삶의 근본적인 자세를 확립
했음을 보여준다. 그러기에 아무리 살기가 힘들어도 내일의
태양이 뜬다고 말하면서 어려움을 이겨냈던 것이다. 또한 2
연에서 이름도 없이 피어 있는 작은 꽃으로서 자신을 형상
화하면서 열등감과 비교우위 속에서 괴로워하지 않고 자신
의 삶을 긍정하고 열정적으로 살아왔음을 보여준다. 그리하
여 마지막 연에서 그는 '행복이란 스스로가 찾아서 갖는
것'이라는 인식을 통해 언제나 '고개를 들고 쳐다볼 푸른
하늘'이 있다는 신념을 스스로 확립했다고 할 수 있을 것이
다. 위의 두 시는 다분히 추상적인 의지를 노래하고 있지만
여러 시편을 통해서 그의 삶의 신산을 드러내 주고 있다.

IE덕에 살펴본 각부서 허점에 모순들
관리직 감축 십여 명의 조직안 상신하여
학력부족의 진통 끝에 가까스로 생산부장.

서울상대에 고·연대 간부 추월한 자신감
생소한 제조업 구름 위 같던 경영인 반열
비로소 한숨 돌려본 고독했던 삼년의 보람.

- 「재기(再起)」 부분

그는 언제나 타인들보다 한 발 앞서 노력해 왔음을 보여
주는 시의 부분이다. 문제가 있으면 바로 발견하여 먼저 제
도 개선을 건의하고 실현하는 데 앞장 섰으며 학력부족에도
불구하고 홀로 독학으로 이론을 익혀 생산성 향상에 기여했

으며, 끝내 서울대, 연고대 출신의 엘리트들을 제치고 경영
인으로 나서게 된 재기의 일단을 이 시에서 드러내고 있다.
그러나 그의 삶이 순탄했던 것만은 아니다.

> 쌓인 임금에 미불금증가 쉬지 않는 금리들
> 노동청에 세무서에 신보까지 사면초가
> 원재료도 끊기고 빗장 굳게 잠그는 거래은행.
>
> 몸으로 막을 수 없는 가속도 붙은 수레바퀴
> 운명을 부인했던 자신과잉 인정하고
> 이제는 숙명의 별에 남은 삶을 맡겨야 하리……

- 「패배(敗北)」 부분

　　쌓인 임금에 쉬지 않는 금리와 노동청 세무서, 신보까지
의 사면초가, 원재료도 끊기고 거래은행은 막히는 상황이라
는 불운의 수레바퀴 속에서 남은 날을 그저 숙명에 맡겨야
만 할 때도 있었으며

> 시경에서 왔다는 정체불명 괴한들
> 차태우고 눈가린 뒤 이새끼야 너 죽는 날
> 두 평 방에 처넣고 하는 소리 여기는 남산 중정.
>
> 아침에서 밤 가도록 개미 한 마리 없다가
> 새벽에야 두 놈이 여의사와 검진하더니
> 운동할 수 있는 체력이니 혼좀 나봐라 또 협박.

- 「권부(權府)」 부분

　국보법을 어긴 사람과 함께 배를 탔다는 죄로 남산의 중
정에 끌려가서 신고를 당하는 일을 겪기도 하였다. 중태의
기업을 살리기 위하여 밤낮을 가리지 않고 뛰어다닌 그에게
이 일은 무고하고 어이없는 시련이었다. 아마도 시 전반에
드러나는 정치에 대한 비판적인 태도는 이 사건에서 비롯되
었던 듯하다. 하지만 그는 그런 협박과 모진 수난을 당하고
그는 ‘민주주의가 무슨 소용 인격조차 없는 판데 우리의 혈
세로 무고한 죄인도 만드는 이 권부’라고 비판의 칼을 세우
면서도 그 끝에서 ‘진정 이 나라 동족상잔은 끝나는 날은 있
겠는지’라고 국가와 민족을 염려하는 마음을 보여주기도 한
다. 이런 삶의 신산 속에서 때로 그는 ‘체허한 몸 자갈통도
하루를 못 채우고/ 다섯 식구의 가장 설 땅 없는 날들이여/
사노라면 때론 순풍에 단비도 있는 것을/ 그것을 주고 차라
리 영혼이라도 앗아가라’「삶」고 단말마적인 절규를 외치기
도 한다. 그러나 앞에서 말한 것처럼 이러한 어려움 속에서
도 그가 끝없이 의지와 열정을 불태울 수 있었던 것은 그의
시 「인간상실」에서 보이는 것처럼

　　　울고 싶을 때에는 울어야 한다
　　　커다란 기쁨이나 슬픔일 때는
　　　소리를 내어 크게 울어도 좋다
　　　눈물을 흘리며 울 수 있다는 것은
　　　아직도 우리가 인간임을 증명해주기 때문이다.

　　　별을 보는 시간들이 줄고 있다
　　　눈앞에다 발밑만 보고 사느라고
　　　삶이란 것에 스스로까지 쫓겨나

쏟아져 내릴 것 같은 밤하늘의
별을 쳐다보는 소중함을 우리는 버려가고 있다.


눈물을 흘린 기회를 잃어버리고
별을 보는 것도 잊고 있다함은
인간임을 포기한다는 증거이다
그러나 그것보다 더 아쉬운 것은
눈물과 별을 보는 것도 버림으로서
참된 아픔이 무엇인가도 잊어가고 있는 현실이다.


– 「인간상실(人間喪失)」 전문


그가 인간이기를 포기하지 않고 슬픔을 슬픔으로 받아들이면서 끝내 별을 바라보는, 희망을 가지고 끝없이 이상을 추구하는 자세를 가지고 있었기 때문이라고 할 수 있다. 그의 시들 중에서 또 하나의 백미를 이루는 이 시 「인간상실」이라는 시편에서 우리가 진정으로 알아야 하는 것은 '눈 앞에다 발밑만 보고 사느라고/ 삶이란 것에 스스로까지 쫓겨나/ 쏟아져 내릴 것 같은 밤하늘의/ 별을 쳐다보는 소중함'을 간지하고 살아야 하는 것이라고 말하고 있다. 그것을 간직하지 못하는 것은 인간임을 포기한다는 것이라는 것은 인간이라는 존재는 어떤 어두운 밤 속을 헤매고 있다 하더라도 높은 긍지와 이상을 가져야 하는 존재라는 것이다. 그러나 이 시에 더욱 깊이를 부여하는 것은, 참된 아픔에 대한 인식이다. 그 참된 아픔이란 이 시에서 '눈물과 별을 보는 것을' 버리는 것이라는 상징적 표현으로만 제시되어 있다. 그 참된 아픔이란 구체적으로 무엇일까. 아마도 비록 삶이

라는 괴물과의 싸움 속에 자신을 그저 매몰시켜 비열하고
건조한 속물적인 존재가 되어 버린다는 것을 이야기하는 것
이 아닐까. 아마도 시인이 끝없이 열정적이고 의지적인 삶
을 살 수 있었던 것은 시인이 바로 '참된 아픔'이 무엇인지
알고 그것을 극복하려고 노력했기 때문임을 알 수 있다.


4.

　지금까지 시인의 시세계를 자연시편들과 역정시편들을
중심으로 살펴보면서 그의 시적 사유의 근원을 밝히려고 노
력해 보았다. 그 외의 시들에서 그는 도시와 정치를 비판하
면서 사람다운 세상이 어떤 것인가를 밝히기도 하고, 문명
비판을 통해서 자연에 대한 사랑을 이야기하기도 한다. 그
모든 시들에 일관되게 드러나는 것은 시인이 가진 '사랑과
정'이라고 할 수 있다. 자연에 대한 사랑, 그리고 공동체 정
서와 의식에 대한 옹호 등이 시인이 이 세계를 살아가는 중
요한 원동력이 되었던 것으로 보인다. 그 사랑에는 어머니
와 아내에 대한 지극한 사랑 또한 담겨 있다. 어머니와의 여
행을 추억하며 꼼꼼히 기록해 놓은 시들이며, 아들에 대한
지극한 희생과 사랑을 감득하고 눈물 흘리는 시들이며, 떠
나가신 어머님에 대한 절절함 그리움 등은 읽는 이로 하여
금 감동과 함께 회한에 빠지게 만든다.

　이제 시인은 병든 아내를 간병하면서 또 시를 쓰면서 살
아가고 있다. 그는 아내를 간병하면서 그가 살아 온 이력처

럼 결코 포기하지 않는 의지와 사랑의 간절한 마음을 보여
주고 있다. 그 마음을 집약하는 아름다운 시 한편을 마지막
으로 제시하면서 글을 끝내고자 한다.

당신이 그날 쓰러졌던 그 밭자리에
처음으로 당신이 없이 손자와 딸과 함께
허전하고 쓸쓸한 가을걷이를 왔다오.

정성을 다했던 당신의 손길에서
파랗고 싱싱하게 자랐던 잎새들은
군데군데의 쓰레기뿐으로 가버리고
풋추만 남아서 오들오들 떠는 옆에는
잎새 잃어버린 고춧대들만 앙상하구려.

그리고 이제 곧 닥쳐올 북녘 찬바람에
이 빈자리들이 꽁꽁 얼어붙고 난 뒤면
흰 눈에 덮인 채 긴 겨울을 보내게 되겠지.

그러나 내년에도 어김없이 봄이 오고
진달래가 산들을 붉게 물들일 쯤이면
공들인 만큼 자라 준다던 푸성귀들이
당신의 씨앗 보듬는 날을 기다리겠건만.

— 「그 밭에서」 전문

인지
생략

담장너머 시인선·4
## 남기고 싶은 이야기들

2007년 5월 12일 초판인쇄
2007년 5월 14일 초판펴냄

지은이 / 류용희
펴낸이 / 송계원

기획 · 편집 · 디자인 / 이해존

펴낸곳 / 도서출판 담장너머
등록 / 2005년 1월 27일 제2-4102
주소 / 서울 중구 필동3가 69-6 B-2호
전화 / 02)2268-7680
팩스 / 02)2268-7681

류용희ⓒ2007
ISBN 978-89-92392-02-0  03810

값 / 6,000원

＊파본은 본사나 구입하신 서점에서 교환해드립니다.